自決より五十年

# 三島由紀夫と「楯の会」

「後をたのむ」と託された思い

松浦芳子 著

# 新装再版にあたり

平成二十二年に『今よみがえる三島由紀夫』を出版しました。当時、筆名持丸博で活動をしておりました夫が監修してくれましたが、改めてじっくり読み直しますと、実際にはかなり夫の手が入っていることに気づきます。

楯の会結成前から三島先生と共に行動してきた持丸でしたが、昭和四十四年十月十二日に楯の会を退会。その後、結婚して松浦姓になり、平成二十五年九月二十四日に闘病の末、亡くなっています。当時の青年達も高齢となってしまいました。

平成生まれの若い方々にとっては、「三島由紀夫」という人物も「森田必勝」という人物も、歴史上の人物となってしまっていることでしょう。

私が三島先生と過ごした時間は決して長くはありません。

しかし、その時間は貴重で、誰もが体験できるものではありません。

時が経ち先生や森田さんの日頃の様子を知る者がいなくなってしまったら、実際の先生たちとはかけ離れた三島像、森田像だけが後世に残っていくのではないかと、危惧していました。

そんな思いから、先生の行動の「意味」を改めて思い返しながら当時の様子や思いを書きとめ、それらをまとめて出版したのが、『今よみがえる三島由紀夫』です。

その出版から十年、本年は三島先生と森田さんが、市ヶ谷の自衛隊駐屯地内で自刃してから五十年もの月日が流れました。今回、その節目を迎えるにあたり、本のタイトルも『三島由紀夫と「楯の会」「後をたのむ」と託された思い』と変え、関わりの深かった方々にもご寄稿いただき、新装再版することと致しました。

三島先生から遺書を託され、事件当日は先生の寝室で涙ながらに遺書を読んだという楯の会二班班長の本多清氏（旧姓倉持、『314三島由紀夫の仇討が始まった』の著者）には、「出版にあたって」を書いていただきました。また、「楯の会って何？」という方のために、初代学生長を務めた持丸博による解説も載せました。

当時の早稲田大学学生連盟議長・鈴木邦男氏にも寄稿していただきました。鈴木氏は、私の高校時代からの先輩で、早稲田大学の学生服が似合う好男子でした。実は、私と持丸がお付き合いをするきっかけを作ったのが彼なのですが、当時の持丸の様子をしっかり描いて下さっています。

そして、三島先生から「威」の字を頂いた私の息子が、森田さんの血染めの鉢巻と楯の会の制服を手にした時の様子を記した手記も載せました。

令和二年四月、新型コロナウイルス感染症が全国に広がり、緊急事態宣言が発出されました。

学校は休校、職場はテレワーク、多くの店も休業となり、繁華街は、火が消えたように静まり返りました。

自粛生活が徹底され、外出は、近所に食料品を買いに行くだけ。会合はすべて中止や延期となり、自宅で掃除をするか本を読むか、テレビを見るしかありませんでした。

ところが、テレビをつければどのチャンネルも日々の感染者数と死亡数を報じ、専門家でもない人が「コロナ」「コロナ」と好き勝手な意見を述べるばかり。

そんな毎日に飽き飽きしていたところ、久しぶりに電話を下さったのが元楯の会二班班長の本多清さんだったのです。

本多さんは、社会全体が未曽有の事態に陥っている現状について、

「三島先生が亡くなって五十年。何か伝えようとしているのではないかと感じませんか」と口にしました。

その本多さんの言葉をきっかけに、わが家の本棚にある、三島先生や森田さん関連の本を片っ端から取り出して読んでみることにしました。

特に森田さんに関する本は、自分が知っている現実とは異なり、文章を追うごとに何度となく絶句しました。

中でも、平成十二年の出版直後に一度は読んだはずの『烈士と呼ばれる男—森田必勝の物語』（中村彰彦著）をあらためて読み返すと、森田さんの様子が克明に描かれています。事件当日の描写には、言葉も出ず、もうただただ合掌するばかりでした。

そして、事件の当事者の方々が、そして夫も含めた楯の会の関係者たちが、真実を何も語ってこなかったという心情に、あらためて触れた思いです。

『裁判記録三島由紀夫事件』（伊達宗克著）の六十九頁に、三島事件に使われた車が「四十一年型コロナ」だとの記載があります。

コロナ車に乗って自衛隊駐屯地で自決した三島先生が、新型コロナウイルス騒動をきっかけに「日本人よ原点に戻れ」と警告しているのかもしれない。私はそんな思いに駆られてしまったのです。

本多さんは、事件の後、引き取り手がないからと警察からそのコロナ車を引き取りしばらく乗っていたそうですので、私以上に感じるところが強かったのかもしれません。

〝平和ボケ日本〟といわれている現代において、まさか戦時下のような状況となることを、誰が予想できたでしょうか。世界は狭くなり国境のないグローバル社会が現代の姿だと思っていましたが、今や、どの国も自国を守ることが最優先で、他国からの入国も禁止し、見えない敵に誰もが戦々恐々としています。

持丸は「三島由紀夫と楯の会」解説の中でこう記しています。

「(前略) 確かに三島は、日本国憲法に象徴される戦後体制という観念に体をぶつけて死んでいきました。しかし、三島由紀夫の眼は、戦後体制の欺瞞や、戦後民主主義の偽善だけを見ていたのではありません。むしろその背後にある近代合理主義や人間中心主義、ニュートラルなグローバリズムに対し、強烈な抗議の刃を突き付けたものと思われます。
科学と技術の発展によって世界のすべてが解決できると信じてきた現代文明の落ち行き先を、三島はその怜悧な頭脳と天賦の才能によって予見していたのです」

ちなみにこの解説は、三島由紀夫氏や楯の会について研究されている犬塚潔氏が、著書『三島由紀夫と持丸博』（私家版）の中で、楯の会を総括的に説明した貴重な文献であると高く評価してくださっています。

三島先生は事件の前、小賀正義氏にこのような命令書を残していました。

「今回の事件は楯の会隊長たる三島が計画、立案、命令し、学生長森田必勝が参画したものである。三島の自刃は隊長としての責任上当然のことなるも、森田必勝の自刃は自ら進んで楯の会会員及び現下日本の憂国の志を抱く青年層を代表して、自ら範をたれて青年の心意気を示さんとする鬼神を哭かしむる凛烈の行為である。三島はともあれ森田の精神を後世に向かって恢弘せよ」と。

三島先生は、男の美学、死の美学をいつも語っておられましたので、いつかは何かをされるだろうと思っていましたが、憲法に体当たりして、東京裁判の行われた市ヶ谷駐屯地の講堂の上の総監室で、まさか森田さんと共に自決されるとは、まったく思ってもみませんでした。

あどけない笑顔が可愛い、純粋そのものだったあの森田さんが、壮絶な死を選び二十五歳で逝ってから五十年の歳月が経ってしまいました。

三島先生は何一つ無駄のない生き方をされていました。『天人五衰』の最後のページには、昭和四十五年十一月二十五日（完）とありますが、「(完)」と筆を入れた時は、どのようなお気持ちだったのでしょうか。

自分の人生の「人生劇場」の脚本を自分で描き、脚本通りに行動し自分で幕を引いたのです。まさに〝超天才〟ともいえるのではないでしょうか。

その脚本では、持丸博も大切な役割を演じていますが、事件当時もなお持丸が学生長を務めていたら、別の結末になっていたかもしれません。持丸から二代目学生長を引き継いだ森田さんは、三島先生の脚本に必要不可欠な役だったのでしょう。

森田さんの辞世の句は、

「今日にかけて　かねて誓ひし　我が胸の　思ひを知るは　野分のみかは」

でした。

森田さんの遺影にも使われている制服の写真は、凄味があり、死を覚悟した男の目です。それでも私は、笑顔の森田さんしか知りませんでしたから、今回は、森田さんの笑顔の制服姿を表紙に載せました。

三島先生が「もうこれで憲法改正のチャンスはないのだ」と訴えた最後の演説から五十年、国会では「憲法調査会」が出来てはおりますが、遅々として進みません。

四月に緊急事態宣言が発出されても、現憲法では、他国のような強制力はなく要請しか出来ません。憲法に緊急事態の条項がないがために、緊急時の対応が難しいという現実に直面してもなお、国会では憲法論議さえまともに出来ていないのが実情です。

我が国の憲法は占領中に米国によって英語で起草されたため、日本人としてしっくりこない不自然な日本語が散見されます。美しく正しい、日本人らしい日本語による憲法は、いつになったら日の目を見るのでしょうか。

日本がどのような心意気や文化を持つ民族なのか、どのような国柄なのか、日本国をどう守っていくべきなのか、三島・森田両氏が命をかけて真剣に伝えようとしたことを理解し、次代に繋げていくことが私達の責務であると強く感じます。

令和二年六月十日記す

## 『今よみがえる三島由紀夫』はしがき（平成二十二年）より

「人間は一生の間に、会うべき人には必ず会える。それも、一瞬早くなく、一瞬遅くもなく」という言葉があります。人生の必然性を言いあらわした意味だと思いますが、人はさまざまな出会いの中で、誰といつ出会ったかによって、その人の一生が大きく変わることがあります。

私にもいくつかの大きな出会いがありました。

その中で三島由紀夫先生との出会いは、もっとも大きいと言えます。

今から四十三年前（平成二十二年当時）の昭和四十二年、私はその時十九歳、まだあどけなさも抜けない少女でした。

当時の私は、三島作品について、きちんと読んだことがなく、これといった理由があったわけではありませんが、あまりいい印象を持っていませんでした。

しかし、月刊『論争ジャーナル』という雑誌の編集室で、三島先生に初めてお会いしてから、私の印象は一変しました。

「瞳の奥から光を放っている純粋な感じの人」

という印象で、三島先生は、今にもその瞳に吸い込まれそうな魅力的な人でした。後からわかったことですが、このころから自衛隊での体験入隊や楯の会を結成するための準備をしていたようです。

そのころ『論争ジャーナル』誌上で、「高山義彦」というペンネームで評論を書いていた持丸博（現　松浦博）と、かつて一緒に学生運動をしていた関係で、私はしばしば編集室に出入りするようになり、三島先生もまた『論争ジャーナル』の編集室によく来られていたのでした。

そんなことで、三島先生ともお会いする機会が増えていきました。特に、持丸が自衛隊に体験入隊をしている間は、私が一人で寂しいだろうと気を使って下さったのか、「芳子さん　一緒に行こう」と色々な所に連れていって下さいました。美術館や「日展」にも同行させていただきました。

「癩王のテラス」、「朱雀家の滅亡」などの舞台に誘って下さることもあり、ご自分で書かれた作品の舞台の初日に持丸と一緒に同行させて頂く機会もありました。

三島先生は、とりわけ自分に厳しく、一分たりとも時間を無駄にしない、徹底した生き方をされていました。

当時の私は、難しい話はよくわからず、ただただ三島先生とたわいもない話をしていただけですが、今考えると、一緒に過ごした時間に色々なことを聞いておけば良かったと思います。

それでも三島先生と過ごした時間は、私にとって、人間としての生き方を教えていただいた貴重な日々であった気がいたします。

自分に厳しく生きることを徹底していた三島先生、純粋な少年の様でもあった先生、その先生の生き様を忘れてはならないと、時折メモのように書き綴っておりました。

この本の執筆に当たり、そのメモを四十年ぶりに紐解いてみると、少年のように無邪気に笑うなつかしい先生の顔が、まるで昨日の出来事のようにあざやかによみがえってきます。

三島先生は、「どう美しく死ぬか」を模索し、純粋に生きて、そして、亡くなられました。

その死の意味は何なのか。今の「日本」という我が国は、三島先生の想い描いた「日本」とは大きくかけ離れたものとなっているように思います。

そしてまた、三島先生の想い描いた「日本」は既に取り戻せない段階まで荒廃してしまったのではないか……。

そんな諦めと、諦めてはなるまいとの想いが交差します。

目　次

## 二、幼子のような三島由紀夫



## 三、きらりとひかる武士のまなざし

## 四、さむらい「三島由紀夫」と「楯の会」



## 五、森田必勝のこと

本書は平成二十二（二〇一〇）年発刊の『自決より四十年
今よみがえる　三島由紀夫』に加筆、改題した新装版です。
加筆原稿は、「新装再版にあたり」、「一、自決より五十年」、
「あとがきに代えて」、「最後に……幻の血判状を公開したわ
け」です。

# 一、自決より五十年

# 出版にあたり

元楯の会第二班 班長　本多　清（旧姓倉持）

三島先生に関する本を自決五十年というこのタイミングで松浦芳子さんが上梓されることは、大変時宜を得ており、正にタイムリーと言わざるをえません。

三島先生を含む五人が市ヶ谷に乗り込んだ際に使用した車はトヨタのコロナであり、事件後は私が引き取って乗っていましたが、同じコロナの名称を持つウイルスが三島先生の没後五十年である今の時代に蔓延していることは、私には偶然に思えません。

新型コロナウイルスにより我々は今、新しい考え方、生活様式を求められています。現代の人々に対し人の生き方の是非を問う、三島先生のメッセージに思えてならないのです。

三島、森田両氏の義挙より五十年たった現在、一体どこの国民だろうかと疑いたくなるような恥ずかしい主張を、恥ずかしげもなく堂々と述べる人間が増え、空虚な議論がはびこっています。

今このようなタイミングで、生前の三島先生と直接の交流があった松浦さんが、女性の目線から当時の事や三島先生を語られることは大変意義があり、彼女こそ、それをするのに適任であると感じます。

先般公開された、映画「三島由紀夫VS東大全共闘50年目の真実」は、ご覧になった多くの方々にとって三島先生に対する印象や認識が大きく変わったといいます。生の三島先生をよく知る松浦さんの証言により、先生が言いたかった魂の復権、いかに生きるかということ、魂の荒廃を座視出来なかった心情等、先生の真なる思いが多くの方に伝わり、先生が再評価されることを強く望んでおります。

本書の中でも触れられていますが、五十年前の事件の起きた十一月二十五日以前に、私は不思議な現象や予期、予感するようなことをいくつか経験しています。実は、先生が亡くなるという同じ内容の夢を三度見たのです。当時は勿論、そんなことは誰にも言えませんでした。

私はまた、最後の班長会議の席上で、なぜか三島先生に唐突に「先生がもし一冊の本といったら何を薦めますか」とお聞きしました。その後起こることは全く知らず、勿論先生達がおられなくなることは想像もしておりませんでしたが、無意識にそれを予期していたのかもしれません。

先生は、「倉持（旧姓）らしいな」という表情をされ、いつものごとくワッハッハと高笑いされながらも、「林房雄さんの『青年』だな。『壮年』はよくない、元勲になって堕落した」と答えて下さいました。

その時は遺言だとは全く考えもしませんでしたが、いつまでも青年の純粋な心を持ち続けろと、我々に最後の教えを残されたのです。


（令和二年五月記す）

# 解説　三島由紀夫と楯の会

元楯の会 初代学生長　持丸 博（平成二十二年記す）

三島由紀夫は現代の日本、いやはるか未来の世界までを予見し、昭和四十五年十一月二十五日、四十五歳の若さで自刃いたしました。その死から今年は四十年になります。

三島由紀夫は大正十四年（一九二五年）の生まれですから、年齢はちょうど昭和の年号と一致します。今年は昭和で数えれば昭和八十五年、したがって三島が今生きていれば八十五歳ということになります。

三島と共に楯の会を創設し、富士の裾野を駈けまわり、芝居を見、論争をし、酒を飲み交わした日々が、つい昨日のように思い起こされます。私はすでに六十五歳を過ぎて、あと何年生きられるか、などとつい年寄りじみた愚痴も出ようというもの、三島はいつになっても四十五歳のまま、一面うらやましい気持ちにもなります。

「老年は永遠に醜く、青年は永遠に美しい。……から、生きていればいるほど悪くなる。人生はつまり真っ逆様の頽廃である」

と言い続けてきた三島にとって、四十五歳の生涯は、ある意味で幸せな人生であったと言えるかもしれません。

ともあれ三島由紀夫没後四十年を経た今年の秋、三島に関する書籍は、ゆうに二十冊超えるほど出版されました。これは今でも根強い三島文学ファンが多いことを証明するばかりでなく、政治的にも社会の在り方でも混迷をきわめている現代に、三島の死の意味を改めて問いかけようとする現象であると思われます。

しかしながら上梓された書物の多くは、三島事件そのもの、もしくは事件を文学的、または政治的な側面からとらえているものが多く、反面、昭和四十年代の時代背景や、「楯の会」の成立の事情やその後の経緯について記載されたものは意外に少ないことに気づきました。言うまでもなく三島事件の源泉は、当時の時代状況の中での楯の会の結成にありました。

そこで少なくとも三島の最晩年の四年間、彼のもっとも身近な場所にあって、彼と共に楯の会を創設し、親しくその謦咳に接した者として、三島由紀夫がたどった市ヶ谷台までの道筋を追いながら、概括的ですが、三島の思想と行動の一端を記し解説といたします。

## 祖国防衛隊構想

私が三島由紀夫と初めて会ったのは、昭和四十二年（一九六七年）一月のことでした。当時私は、早稲田大学で保守系の学生団体「日本学生同盟」の執行委員を務め、その機関紙の編集に携わりながら、一方で月刊誌『論争ジャーナル』の副編集長を兼ねていました。

月刊誌の編集者として三島と接するうちに、私は作家三島由紀夫とは異なる、国士・三島由紀夫に強い魅力を感じるようになりました。このころから三島とは急激に親しくなり、ともに国事を論じ、日本の将来を憂うるようになりました。

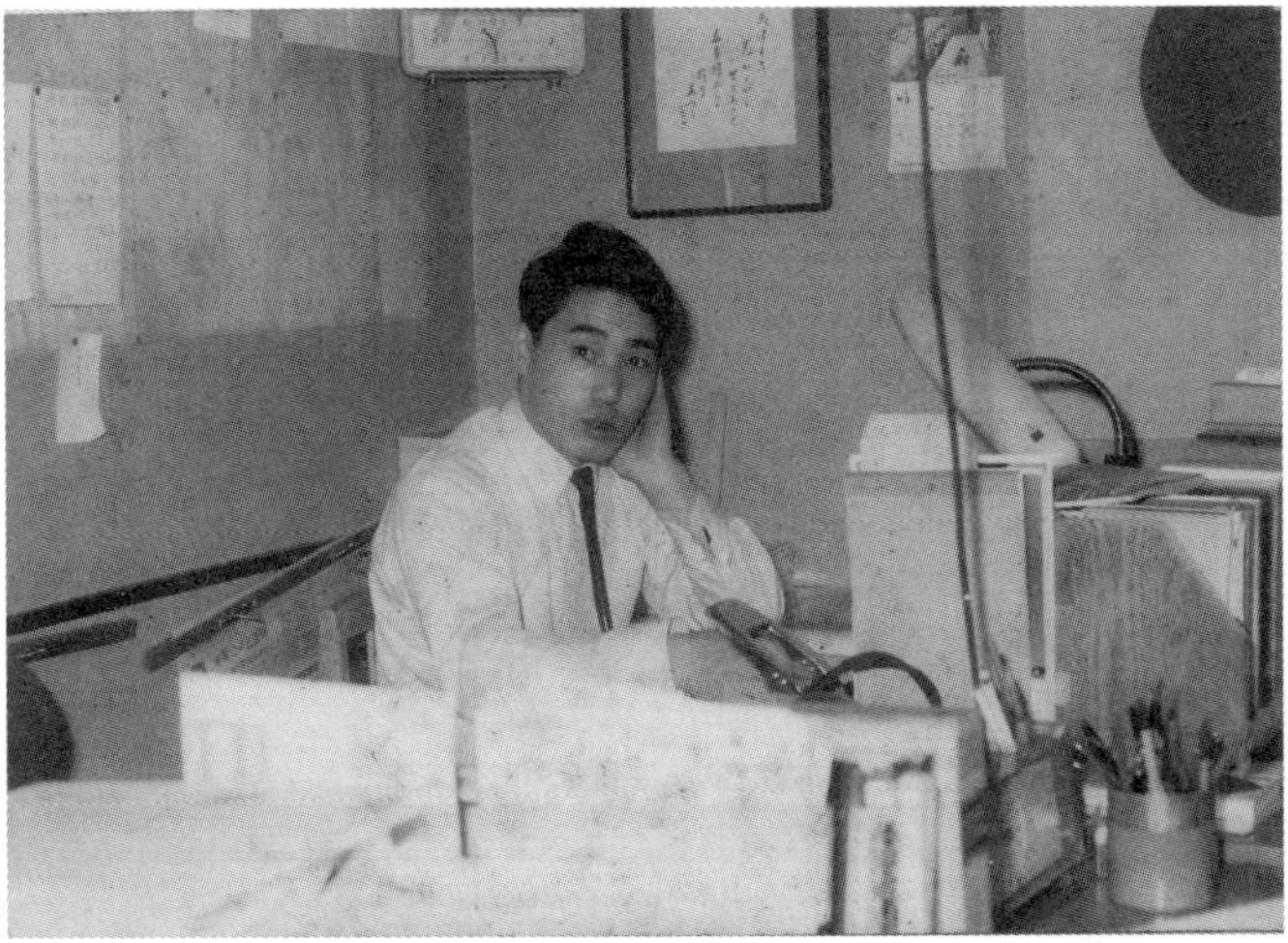

日学同事務所にて、博

そこで七〇年安保危機や間接侵略に対処するため、具体的な行動プランを検討するということになり、三島と論争ジャーナルのスタッフによってまとめられたのが「祖国防衛隊」という民兵組織の構想でした（これは『祖国防衛隊はなぜ必要か』と題する小冊子になって残っています）。

祖国防衛隊とはあくまでも民間にあって、敵の間接あるいは直接侵略に対処するため、自衛隊を補助し、その後方支援にあたる目的で構想されたものですが、時には独自での小戦闘をも予想していました。

そのためには机上のプランだけというわけにはいかず、どうしてもわれわれ自身が軍事知識と技術を修得しなければならない。このような考えから、先ずは三島自身が自衛隊に体験入隊をすることになりました。これは昭和四十二年の春四月から五月にかけ、のべ四十五日間の入隊でした。

三島は四月十二日、まず久留米の陸上自衛隊幹部候補生学校に入校し、その後陸上自衛隊富士学校に移り、ここではレィンジャー訓練なども体験しました。最後は習志野の空挺団に移動、ヘリからの降下訓練を体験しました。

この時三島由紀夫は四十二歳、当時、三島は畢生の大作『豊饒の海』を書き始めたころであり、その多忙な時間をさいての入隊でした。このひと事からも、三島由紀夫のなみなみならぬ覚悟のほどが窺えます。

三島はこの移動の期間、東京に戻っては必ず私達を呼んで、訓練の様子などを楽しげにまた誇らしげに語ったものでした。特にレンジャーで、谷から谷へ張られたロープを渡る訓練の模様などは、身振り手振りを交えて得意げに話してくれました。

この三島の自衛隊での体験訓練が基になって、後の学生による体験入隊が計画、実施され、やがてこれが「楯の会」の創設へとつながります。

## 祖国防衛隊から楯の会へ

祖国防衛隊構想は当初かなり大がかりな規模を想定しておりました。最終的には民兵の役割を担う構想でしたので、政府、財界を動かし国家予算の支出をも期待しました。その防衛隊の中核となる、いわば民間将校を養成するために、若く志のある学生を自衛隊に送り、軍事訓練を行い、軍事技術を習得する目的で、昭和四十三年三月、第一回の体験入隊を実施しました。したがってこの時期、楯の会の名前はまだありません。

参加者は私の主宰する早稲田のサークルの学生、また『論争ジャーナル』のスタッフ、それに日本学生同盟の数人が加わって、総勢二十数名が入隊しました。入隊先は御殿場市にある陸上自衛隊富士学校の滝が原分屯地でした。私は全体を統率し、一ヵ月間の訓練に参加し、三島もまた前後一週間ずつ学生と起居を共にしました。

訓練は、陸上自衛隊の一般初年兵がおこなう基礎訓練からはじまり、部隊訓練、さらにその運用から戦術、戦史の研究までかなり高度で広範囲にわたったものでした。訓練期間は一ヵ月ですが、ふだん楽な生活を送っている学生にとって、それなりにきつい生活だったようです。

このような体験入隊を年に春、夏二回実施することによって、民兵組織の中核となる民間将校を養成することが当面の課題でした。

ところが第二回の体験入隊を実施するころになって、祖国防衛隊構想を根本的に見直さなければならない事態が起こりました。一つは会を維持するための財源を外部に求めることが困難になったこと。二つ目は体験入隊者の質が、当初期待したほどのレベルには到達し得なかったこと、そして最大の悩みは、入隊を希望する学生が思うように集まらなかったことなどの問題でした。

ここに至って、祖国防衛隊構想は根本的な見直しが必要となってきました。そこで組織的には民兵構想をとりやめ、反革命の中核となりうる一〇〇名の精鋭部隊を養成する。そしてその財源は三島個人の資産から支出する。さらに入隊希望者は広く公募する。このような路線変更のもとに、昭和四十三年十月、これまで無名だった体験入隊者の組織を正式に「楯の会」と名付けました。このころ若者の間に人気のあった『平凡パンチ』のグラビアに楯の会員の制服姿を掲載したのも、パブリッシティによる人材確保と資金調達の狙いからでした。

## 革命と反革命の挫折

昭和四十三年春から始まった楯の会の体験入隊は、昭和四十五年十一月の市ヶ谷台の事件に至るまで五回を数えました。私は四期生までの学生を選抜し、彼らを引率して体験入隊を繰り返しました。第一回の入隊者を楯の会一期生、以下順に二期生から五期生まで、のべ一三〇名ほどの学生が登録されたことになります。

楯の会という組織の名はあっても、普段は別に集団で生活するわけでもなく、決まった政治活動をするわけではありません。一ヵ月の体験入隊を終えた学生達は、日ごろはそれぞれの大学に戻り、通常の学生生活を送っていました。

三島自らが言うように「楯の会」はつねにStand byの軍隊です。「いつLet's goになるかわからない。永久にLet's goは来ないかもしれない。それまで『楯の会』は表立って何もしない。(中略)最後のギリギリの戦い以外の何物にも参加しない」という組織でした。

とは言いながらも、「最後のギリギリの戦い」に備えるためには、それなりの訓練が必要です。週に一度は体育訓練を実施し、基礎体力の維持に努め、また月に一度ほど情報訓練と称して、対都市ゲリラ対策の訓練や、諜報活動などかなり専門的な研修を受けたものです。また一部では居合術、空手、剣道の稽古にも励みました。三島はつねに率先してこれらの訓練に参加し、また指導に当たりました。

今から振り返れば信じられないことですが、昭和四十二年から四十四年にかけての日本はまさに激動の時代でした。大学紛争は全国的に拡大し、七〇年(昭和四十五年)の安保条約の有効期限に向けて、新左翼、極左勢力は激しく市街活動を展開していました。いつ何事が起きても不思議でない時代の中で、三島由紀夫を頂点とした楯の会はひたすら「最後の戦い」を待ちました。まさに「治に居て、乱を忘れず」の心構えでした。

この当時、楯の会の基本的な戦略は、左翼による革命的な騒乱に対し、楯の会が先兵となって反革命的な行動を起こす。これによって自衛隊の治安出動を促し、よってクーデターもしくは政局を一変せしめ、憲法改正に持ち込むという構想でした。

しかしながら、昭和四十四年半ばを過ぎてから、政治状況は一変しました。特に昭和四十四年十一月二十一日、「国際反戦デー」と銘打って首都決戦を企図した左翼勢力が、圧倒的な警察力の前に壊滅状態になったことにより、左翼運動は急激に衰退しました。

この日を境にして、日本における革命状況は完全に消滅しました。このことは同時に、これ以降の楯の会が政治的な行動の契機を失ったことを意味しました。

なぜなら「楯の会」とは常にスタンバイの軍隊で、敵に対するリアクション、つまり〈反革命〉としての機能を想定し、組織されたものだったからです。したがって、昭和四十四年十月二十一日、この日をもって楯の会は本来の意味でその役割を終えたということになります。

たしかに世間は、この日でひとまず日本の危機は去ったとして安堵の気持ちに浸り、翌昭和四十五年から始まる大阪万博の、あのオプチミズムに酔い初めました。

しかるにこの日から、三島由紀夫の新しい、孤独な戦いが始まったのでした。

## 市ヶ谷台への道

〝敵の喪失〟この新たな事態の変化を受けて、三島由紀夫および楯の会は、根本的に戦略の転換を余儀なくされました。受けて立つ状況が消滅した中で、なおかつ歴史に関わろうとする強い志を維持するのであれば、新しい状況を自ら作り出さなければなりません。この日以降の三島および四人の盟友は、新しい敵を模索し、ついに全ての欺瞞、すべての戦後的偽善の象徴である日本国憲法を最後の敵として見定めました。実はこの日本国憲法こそ三島が長い間、戦後日本の悪の根源として弾劾続けてきたものだったのです。皮肉にも敵はすぐ近くにあったということでした。

死の四ヵ月ほど前、三島は産経新聞に「果たし得てゐない約束」と題して予言的な

一文を書きました。その一節、

「……私はこれからの日本に大して希望をつなぐことができない。このまま行つたら『日本』はなくなつてしまふのではないかといふ感を日ましに深くする。日本はなくなつて、その代はりに、無機的な、空つぽな、ニュートラルな、中間色の、富裕な、抜け目がない、或る経済大国が極東の一角に残るのであらう。……」

これはまさしく現在の日本を的確に予見した三島の予言です。

三島由紀夫をもっとも良く理解していたと思われる福田恆存は、事件後長い沈黙の末「彼の死を『憂国』と結びつける考え方を私は取らない……」と発言しました。これは何を意味するか、思うに私は、三島のきらびやかな美学的な発言や、また過激とも思われる政治的な発言の裏にひそむ三島由紀夫の真実の姿を、福田恆存は的確に見抜いていたように思われます。

確かに三島は、日本国憲法に象徴される戦後体制という観念に体をぶつけて死んでいきました。しかし三島由紀夫の眼は、戦後体制の欺瞞や、戦後民主主義の偽善だけを見ていたのではありません。むしろその背後にある近代合理主義や人間中心主義、ニュートラルなグローバリズムに対し、強烈な抗議の刃を突きつけたものと思われます。

科学と技術の発展によって世界のすべてが解決できると信じて来た現代文明の落ち行く先を、三島はその怜悧な頭脳と天賦の才能によって予見していたのです。

私たちにとっては、未来は不確実であるがゆえに、毎日の営為があります。希望を持ったり、ある時は絶望に打ちひしがれても、また希望の灯を仰いで生きています。しかるに三島は、未来を先取りしてしまった。未来を知り、見てしまったものは生きることが困難です。

それにしても三島由紀夫の偉大さは、予見した未来の構図を、遺言としてわれわれに残してくれたことでした。その未来の構図をわれわれは注意深くみつめながら、三島の残した予言と警告にいま新たに耳を傾ける必要があるように思われます。

# 松浦博（旧姓持丸博）の負った十字架

松浦芳子

『証言　三島由紀夫・福田恆存たった一度の対決』（持丸博・佐藤松男著・文藝春秋刊）は、平成二十二年に出版された書籍ですが、平成二十五年に夫が亡くなっておりますので、この本が最後の書籍になってしまいました。

出版後すぐに読みましたが、三島由紀夫と福田恆存の対談が、余りにも高度で内容が難しく、読み進めるのに苦労した記憶があります。

本の帯には、「事件から四十年、いま改めて問う　なぜ三島は自決したのか？

事件の三年前、たった一度の対談で、福田は三島事件を予見していた――もし、二人の巨人が生きていたら、今の日本についてどう発言しただろうか。生前、三島・福田両氏にとってもっとも近かった二人が、その思想と事件の真相に

せまる」

とあります。

「はじめに」には、「今の若者たちに、あの時代のことを語っても、おそらく理解できないでしょう。」とありますが、確かに想像もつかない激動の時代でした。この激動の社会を感じなければ、なぜ楯の会が出来たのかも、三島・森田氏がなぜ自決したのかも理解できないのは当然です。


持丸博と佐藤松男氏の自己紹介も載っています。

「持丸博は、三島由紀夫の懐刀として、三島と共に「楯の会」を創設。「楯の会」の初代学生長として、学生を率いて自衛隊への体験入隊を繰り返しました。三島とは三年に亘り苦楽を共にし、憲法改正や天皇観については考え方がちがうと、取っ組み合いに近いほど激しくやり合うほどの間柄でもありました。後年持丸が楯の会を辞めたとき、三島は村松剛の前で、「手足をもぎ取られたようだ」と嘆いたといわれます。

佐藤松男は、学生時代、福田恒存の思想に惹かれ、反全共闘運動を展開、それを契機として福田恒存を顧問とする学生団体・日本学生文化会議を立ち上げました。現在でも現代文化会議と名前を変えて、存続していますが、先生がご存命の間は、毎年講演をお願いし、福田先生の考えをお聞きする機会を得ていました。」（七頁）

佐藤氏は、昭和四十三年六月頃、数千人の全共闘が大学の講堂に集まって総決起集会を行っているところに、たった一人で乗り込み、壇上でマイクをつかみ全共闘批判を行うなど、日大紛争においてスト反対派の学生代表として活動した経験の持ち主です。出版当時や夫が亡くなってからお会いしましたが、そんな経験をされた方とは思えない、温和で落ち着いた聡明な男性でした。

夫が亡くなってから本書を改めて読み直しましたが、内容の深さに驚嘆しました。何度も読み返しては、付箋を貼り内容を確認しながら読んだ記憶はあるのですが、今回は、持丸が楯の会や三島先生について語っているところを重点的に赤線を引きながら読んでみました。

三島先生に出会ってから退会するまでの様子やその後の出来事なども克明に事実が記されていますが、実際に先生と共に活動してきた者の記録ですから、それは貴重です。

本人の心の動きまで感じることが出来、今更ですが、なぜ出版された時点できちんと読んで疑問点を本人に質問しておかなかったのか悔やまれます。

平泉澄先生と三島先生の国体観の違いの狭間で大変だったことも綴られています。

これまで語ってこなかった楯の会を退会した時の理由や背景もしっかり書かれていました。


持丸と、日本文化研究会、日本学生同盟（日学同）、祖国防衛隊、楯の会と最初から共に活動してきた宮澤徹甫氏は、

「これまで、楯の会について、かなり著名な方までが半可通の勝手な推測と憶測をまるで事実であるかのように書かれたり語ったりされていて、もどかしい思い、悔しい思いはひときわでした。自分で書こうかと思ったこともあったが、いかに僕が身近にあって多くの体験を供にしてきたとは云え、所詮は伝聞にすぎないことも少なからずある。結局経緯の全てを名実ともに体験してきたのは爺さん（当時持丸は爺さんと呼ばれていた）なんです。その爺さんが沈黙を保っている以上、僕が差し出がましく書いたり語ったりは出来ない。同志とはそう云うものですよ。その爺さんが、六十歳を過ぎて、〝今、語っておかないとすべての真相が闇に埋もれてしまう〟と電話してきてくれて、この本が世にでたんです。ですから、本が届くと、僕は一気に一夜で読み切った。やっ

と真実が語られたと、涙が出るほど嬉しかったものですよ」と話して下さいました。

私自身もこれまでに出版された書籍の多くが、推測や憶測であったり我田引水であったりと納得がいかないところがありましたので宮澤さんの言葉で救われた気持ちになりました。

平成十七年十月には雑誌『ＡＥＲＡ』に持丸自身が、「事件直後に現れた「三島の俄か友人」の発言や、したり顔に批評する「評論家」の多くに、辟易しながらも、私はこれまで、あえて沈黙を守ってきた。しかし事件から3分の1世紀が過ぎ、関係者に差し障りなく語れるようになってきた今、残すものは正確に記録しなければならない。ありのままの事実を伝えることで、世間に伝わる誤解をただし、事件にかかわった私および仲間たちの心情や真実の姿を後世に伝えることが残された私の務めであると考え、積極的に発言をしようと決意したわけである」と語っています。

また、持丸が、楯の会を退会した経緯については、私自身も聞いてはおりましたが、本書でもしっかり真実を語っています。平成十九年十一月の講演で持丸本人が語った内容と重複はしますが、あらためて本書の一部を抜粋します（百二十九頁〜）。

**持丸**　先ず一つ目の理由についてお話しいたします。

昭和四十四年八月半ば、三島先生から一つの提案がありました。それは『論争ジャーナル』を辞め、楯の会専従になって会の活動に専念して欲しい。ついては今後の生活費等に関して、三島が責任をもつ、というものでした。ここまで考えてくれる三島先生の気持ちは大変ありがたく思いましたが、三島由紀夫個人に生活を含めたすべてを依存することに、私は心理的に抵抗がありました。

三島先生と私との関係は、「同志的な結合」であった、少なくても「志」の一点においては上下の隔たりはないと思っていました。ところが「なりわい」の基を先生に委ねるということは、知らず知らず上下の関係になってしまう。というのが私の基本的な認識でした。しかも平時においては市民生活を全うし、非常時に備えるという二元的な生き方は楯の会の基本的な生活スタンスであったはずです。

平たく言えば三島先生による「丸抱え」を私は拒否したのです。

さて二つ目の理由と背景ですが、前述した三島先生の提案は、当時私が所属していた『論争ジャーナル』をやめる、という通常の考え方であれば、身分（職業）は『論争ジャーナル』に属していても、思想活動は三島と共に楯の会で、ということが自然の姿なのでしょうが、これを三島は納得しませんでした。

その理由は、三島と『論争ジャーナル』、いや、三島と中辻和彦の間に大きな確執が生じていたからでした。（中略）

これに追い打ちをかけたのが『論争ジャーナル』の経営危機でした。

昭和四十四年、春過ぎになると財政状態はきわめて悪化し、時には発行が遅れることもありました。この財政上の危機をのりきるために、責任者の中辻は大変な苦労をしました。（中略）この窮地に手を差し伸べたのが、戦後の大物フィクサーと呼ばれた田中清玄でした。（中略）

しかし、一般的には、右翼利権屋としてダーティなイメージが付きまとう田中清玄と、『論争ジャーナル』との連携を三島先生は許すことができませんでした。（中略）体験入隊を「純粋性の実験」といい、楯の会を「誇りある武士団」と見る三島は、これを到底看過できませんでした。

したがって、三島が私に提案した「楯の会の専従」ということは、実質的には「楯

の会か論争ジャーナル」の二者択一を迫るものでした。（中略）
だが、私にとって『論争ジャーナル』とは、単にサラリーをもらうだけの出版社ではなかったのでした。
編集長の中辻と私は、前にも話しましたように平泉学派の門下生同士でした。平泉学派の結束の強さは、斯界では夙に有名で、その仲間は全国各地・各界に在って、互いに切磋琢磨し合い、同門と言うだけでお互い無条件で心を許し、信頼し合う関係でした。（中略）
その後、中辻の紹介で、私は三島由紀夫と知り合い、いつしか、『論争ジャーナル』は、保守系学生の一大サロンとなりました。ここに集まってくる学生たちが中核となって、やがて楯の会へと発展していったのです。
こうした背景から、私にとって中辻は、三島以上に身近な存在であり、また古い関係であったわけです。
二つの人間関係のハザマで私は思い悩みました。さんざん悩んだ挙句、一か月後の九月、私はどちらもやめる決断をしました。私にとってはそれこそ苦渋の決断であり、他に選択の余地のない道でした。

　さて三つ目の理由、というより背景というべきですが、この決断をする過程で、三島由紀夫と私の間にあった思想上の相違点、特に国体観念についての考え方の違いが、退会の判断に微妙な影響を与えたことは否定できません。（中略）ここでは平泉博士と三島由紀夫の間には国体観において、大きな相違があったことを指摘しておきます。（中略）

九月半ば、三島先生と最後の話し合いをして、結果的には両方辞める、という結論を出しました。三島先生も私も、それはもう互いに目を見て話すことができないほど張りつめた雰囲気でした。（中略）

　私の気持ちとしては三島先生を裏切ることはできない、けれども三島先生に付いて、中辻と別れることもできない。となれば私の選択としては、どちらも辞めるほかありません。ということで、私は、楯の会と『論争ジャーナル』どちらも辞めることを決断したのです。

　以上述べたことが、私が楯の会を退会した原因、というよりは、背景であり、理由です。したがって私が会を辞めることになった発端は、楯の会の路線をめぐる対立のような戦術上の問題ではありません。周囲では面白おかしく、三島と私の路線対立のような図式に仕立て勝ちですが、現実にはきわめて人間的なところに問題があったことがおわかりいただけたと思います。（抜粋終）

持丸は、楯の会を退会した経緯を話す際に、いつも合わせて以下のようなことを語っており、本書にも記述がありました。

「人は誰でも一生の中で、岐路となる節目の時が、何度かあるはずですが、私にとっては、この決断がもっとも大きな、そして重要な選択であったと思われます。

今振り返ってみて、この決断が誤っていたとは思いません。しかしながら、悔いは未だに残り、あの時あの結論を出さなかったらばという思いは今でも尾を引いております。私一個人の決断が他の人の生死にまで関わったことを考えるとき、ことに私の後任の学生長となって、若い命を絶った森田必勝を思えば、ことさら胸が痛んでなりません。

その意味で三島事件は、私にとって一生背負い続けなければならない重い十字架となったのです。」（本書百三十八頁）

夫の人生の時計の針が、あの事件から止まってしまっていると感じてはいましたが、やはり、私が感じていた以上に、夫にとって森田さんの自刃は「重い十字架」だったことがあらためてわかりました。

本書では、三島先生の自刃の動機についても触れています。

「自刃の動機について論じ始めたら三島由紀夫という巨人の迷路にはまるだけで、ひとつの結論を出すなど思いも寄りません。過去の負い目も潜在的な原因でしょうし、個人的な事情もあったはずです。世の中に対する警鐘の意味もあった。自分の美学もあるでしょう。文学上の問題もあったはずです。

三島事件、これをひと言で片づけることはやはり非常に難しい。このことは、三島由紀夫の生き方を含めて巨視的、複眼的に見なければならないと思います。

死後四十年たっても、私たちにこれだけの話題と謎を投げつけているのですから、三島由紀夫という存在はとほうもなく大きいということだけは間違いのない事実でしょう。」

三島事件について、四十年間何も語らなかった夫が、やっと書き始め出来上がった書籍でしたが、その後も、書きたいことや書いておかねばならない事があったので

しょう。本書の百六十二頁では、

「（前略）やはり何か事実でないことが一人歩きしている。あるいは事実とまったく異なる三島神話、森田神話というものが生まれかねない。そんな危惧を懐かざるをえない。やはりこれは、それなりの機会に自分の知っていること、また事実についても確かなものを残しておかねばならない、あらためてそういう気持ちにさせられましたね」

と語っています。

夫の書棚には、三島先生や森田さんに関連する本が多く並んでいますが、どの本も付箋が貼られており、赤鉛筆で文章を囲ってあるもの、マーカーで線を引いてあるもの、余白に夫がメモを書いているものもありました。メモの中には、複雑な心境で読んだことが容易に推察できるようなものもあり、それを辿る私までもが何とも複雑な気持ちになったものです。

メモだけでなく、遺品には、多くのノートが残されていました。出版予定の本の目次案のような記載もありました。完成させて世に送り出せなかったこと、さぞかし心残りだったと思います。

# 「楯の会」初代学生長・持丸博氏の死

元早稲田大学学生連盟議長　鈴木邦男

## ①最も優秀な学生で三島も信頼していた

「楯の会」の初代学生長だった持丸博氏が亡くなった。平成二十五年九月二十四日（火）の早朝だ。二十六日（木）、家族だけで密葬を済ませたという。十月になって「お別れ会」をやるという。

それまでお宅に弔問にうかがっていいものか、どうか迷っていた。奥さんから電話があって、「鈴木さんとは特別に親しかったのですし、いらして下さい。本人も喜びますので」と言ってくれた。それで、二十九日（日）の夜、おうかがいした。

杉並区高円寺のご自宅だ。祭壇には元気だった頃の写真が飾られ、横には、「楯の会」の制服と日本刀が。死ぬまで「楯の会」のことを考えていた。三島事件から四十三年経っているが、三島由紀夫・森田必勝氏と共に死んだ。そんな気持ちだろう。

持丸博氏。六十九才でした

「楯の会」は三島由紀夫が作ったと言われる。確かにそうだが、実質的・組織的に「楯の会」を作り上げ、人間を集め、維持してきたのは、〈学生長〉である持丸氏だった。

彼がいなくては、「楯の会」は出来なかった。

九月七日(土)、軽井沢で、椎根和さん、板坂剛さんと三人で、〈三島事件〉を考える鼎談をやった。その時も、持丸氏の話をした。煌びやかにデビューした「楯の会」は、『平凡パンチ』のグラビアを飾り、よく取り上げられた。

それで、『「楯の会」に入りたい!」という人がドッと応募してきた。一回、グラビアに出ただけで、二百人も応募が来たという。

その当時、『平凡パンチ』にいた椎根和さんが証言していた。椎根さんは、三島の自決までの濃密な時間を身近にいて、見てきた人だ。そして、『「平凡パンチ」の三島由紀夫』を書いた。事件に至る三島の行動・思想について、最も詳しい本だ。

「楯の会」の一期生、二期生などは、民族派学生運動をやってた人で構成されている。日学同、生学連、全国学協から行った人々だ。だから私も、ほとんどの人を知っている。

それ以降になると、『平凡パンチ』などを見て応募してきた人が多くなる。その人々を一人一人、面接し、会員にするかどうかを決めたのは持丸氏だ。当時あった『論争ジャーナル』で、その実務を担当し、近くの喫茶店で持丸氏は面接した。

「三島文学ファンは採るなよ」と三島には釘を刺されていた。

「三島さんと一ヶ月、自衛隊で体験入隊出来る。そばにいられる」なんてファンがいたら、たまらない。「あくまでも、国のことを考える人間を採ってくれ」と言われた。

三島と共に昭和四十五年に自決した森田必勝氏は、「僕は三島さんの本なんて一冊も読んでません」と言って、三島に気に入られた。(本当は読んでいたのだが)。

「面接」では、「今の日本をどう思うか」などの質問をして、憂国の情を聞いたようだ。

しかし、人が多いし、時間もかかるし、大変だ。最後には、「目の輝いている人間を採った」と持丸氏は言っていた。

三島は、持丸氏に全てを任せていた。それだけ信頼されていたのだ。

だって、当時の民族派学生の中では一人、群を抜いていた。若いが、立派に〈思想家〉だったし、〈学者〉だった。そして実務家でもあった。

②学生なのに、「思想家」で、「学者」だった

水戸の高校では、〈水戸学〉を学んだ。高校でそんな授業があったわけではない。水戸学の大家・名越時正先生の家に下宿し、そこで水戸学の英才教育を受けたのだ。高校ではトップの成績で、早稲田大学に入った。大学で初めて会った時から、私らは圧倒されていた。

大学一年生なのに、旧仮名遣いで文章を書いていた。もっとも彼は、「歴史的仮名遣い」だと言っていた。「旧」ではなく、今も生きていると。日本や中国の古典も読んでいる。原文で読んでいる。とてもついて行けない。他の大学生とは全く違う。「大人《たいじん》」の風格があった。

それで皆は、やっかみを込めて、持丸氏のことを、「爺さん」と言っていた。皆、悔しかったのだ。

「楯の会」がまだ出来る前だが、早大で、「日学同」が結成された時、参画し、「日

本学生新聞」の編集長になった。文章はうまいし、編集能力もある。「日学同」の基礎を作ったと言っていい。

その後、三島が「楯の会」をつくり、そこに駆け参じる。そして、〈実務的〉なことの全てをやった。天皇論、日本文化論においては、三島よりも抜きん出ていたかもしれない。

そんな敬意を込めて、三島は持丸氏を頼りにし、「楯の会」の実体作りを委ねた。持丸氏を参謀にして、「楯の会」の構想は大きく膨らみ、広がった。

初めは、「祖国防衛隊」という名前だった。「楯の会」になってからも、広範囲な、大衆運動をやろうとした。いや、そんなこともあった。イザとなったら、スイスのように全ての民間人が銃を取って立ち上がれる組織を作る。又、民間のガードマン会社と組んで、民間防衛組織を作る。…と、いろんなことを考えた。

「楯の会」を作ってからも、これは百人の部隊だが、一人一人が百人を指揮出来るようにする。そうしたら1万人の軍隊が出来る。それで民間防衛組織を作る、などと考えた。

## ③なぜ、「楯の会」を辞めたのか

ところが、不幸なことに、途中で持丸氏は「楯の会」を辞めてしまう。「楯の会」の事務所的な存在だった雑誌『論争ジャーナル』と三島との間に、考えの違いが生まれたのだ。『論争ジャーナル』は、左翼全盛の当時にあって、雄々しく闘い、彼らに論争を仕掛けてゆく、という勇気ある雑誌だった。「楯の会」の募集や連絡、事務作業は、全て、ここでやっていた。又、ここの編集長はじめ社員は全て、「楯の会」に入っていた。持丸氏もそうだった。

ただ、『論争ジャーナル』は三島の機関誌ではない。広く読者を集め、広告も賛助金も集めている。たまたま右翼フィクサーの田中清玄から資金援助を受けた。雑誌なんだから、これはあっても当然だ。

ところがこれが三島の耳に入った。三島は、『論争ジャーナル』には、随分と援助している。原稿だって、毎月のように、タダで書いている。それに、三島は大の「右翼嫌い」だった。「楯の会」は純粋に、国を思う運動だ。外部の「右翼」などに利用されてはたまらないと思っていた。だから、田中清玄の、「援助」にはカチンと来た。

さらに、いろんな話が飛び込んでくる。作曲家の中村泰士さんと〈田中は、「楯の会」は俺がやっている〉と言ったとか。『論争ジャーナル』に金を出すことで、「楯の会」を動かしている。という意味らしい。本当に田中がそんな放言をしたのか。あるいは、誰かが三島にそう吹聴したのか、分からない。

三島は激怒した。そして、「楯の会」の中にいた『論争ジャーナル』グループを除名した。ただ、持丸氏には残ってほしいと三島は言った。板挟みになって、持丸氏は、「両方とも」辞めた。

それからは、いろんな会社を作っては、潰し…の連続だった。生涯に四度、会社が倒産したというから、尋常じゃない。

持丸氏が「楯の会」を辞めたのは、かなり大きかった。三島にもこたえたし、その後の「楯の会」も変わった。

若松孝二監督の映画『11・25自決の日＝三島由紀夫と若者たち』にも、この二人の〈別れ〉が描かれている。

三島は、持丸氏に対し、「『楯の会』の専従になってくれ」と懇願した。

「芳子さんと一緒に専従になったらどうか」と言った。生活費は全て三島が出すという。芳子さんとは、当時婚約者だった松浦芳子さんだ。

こんないい話はない。普通だったら受けるだろう。しかし、持丸氏は断った。「夫婦二人で三島さんに飼われたくない」という気持ちもあった。又、「論争ジャーナル」グループへの恩義もあった。

持丸氏が去ってから、「楯の会」は大きく変わる。後任の学生長は森田必勝氏だ。「学者肌」の持丸氏と違い、森田氏は、「行動派」だ。又、三島を信じ切っている。三島のやろうとしたことを敏感に察知し、どこまでも付いて行く。

④「責任」を感じ、苦しみ続けた四十三年

誰でも思う疑問がある。持丸氏が辞めたので、三島は、急激に、決起・自決の道を進んだのではないか。持丸氏が残っていたら、あの自決はなかったのではないか。

私も持丸氏に何度も聞いた。いろんな人に聞かれたらしい。中には、「お前が三島さんを殺したんだ」「森田を殺したのはお前だ」と面と向かって言われたこともあるそうだ。

苦しかっただろう。悔しかっただろう。私も聞いたのだから、他人のことは言えない。

持丸氏は言っていた。「決起、自決を止められたかどうかは分からない。ただ、決起するにしても、もう少し別な形になっていたでしょうね」と。

持丸博氏のお宅にうかがい、奥さん、息子さんと、かなり長く話し込んだ。

「四十三年間、持丸はずっと、そのことを考えていました」と奥さんは言う。

そのこととは、〈責任〉だ。自分が辞めたために、三島、森田を死なせてしまった。という自責の念だ。

それは、キチンと本にして書いたらいい。と私は、会うたびに持丸氏に言っていた。

「楯の会」を最もよく知っている男だ。大出版社からも、いくつも依頼があった。そして、書き始めた。でも、「関係者に迷惑がかかってはいけない」「あそこは、もっと調べてからでなくては…」と言って、筆が進まなかった。完璧主義者なんだ。分からない点は、疑問点としてそのまま書いて、どんどん書き進めたらいいだろう。と私などは言ったが、それは出来なかったようだ。でも、筆まめな人で、日記やメモ、原稿の下書きなどは大量にあるようだ。ぜひ、まとめて出版してほしい。

祭壇にあったアルバムを見せてもらった。「楯の会」の写真が圧倒的だ。森田治さん（森田必勝氏のお兄さん）と写したものもある。

「これは事件から三十五年経って、四日市のお兄さんを訪ねた時です」と息子が言う。息子も同行していた。

「会うなり、〝申し訳ありませんでした〟と、いきなり、謝ってました」。弟さん（必勝氏）を死なせてしまって、申し訳ありませんでした、という意味だ。そのことをずっと考えていて、三十五年も経ってしまいました…と言ったという。

それを聞いて、私も何も言えなかった。それだけ、苦しんでいたんだ。悩んでいたんだ。

「三島さんという人も残酷なんだな」と思った。

だって、百人の「楯の会」の若者たちは、「その後」皆、悩み、悔やみ、そして苦しんで生きてきた。

「なぜ自分を連れて行ってくれなかったのか」と。三島を恨み、絶望し、悲嘆に暮れた。

又、持丸氏のように、「自分のせいで」…と自責の念に苦しめられた者もいる。

「楯の会」時代は楽しかっただろう。しかし、〈11・25〉以降は、〈地獄〉だ。

## ⑤神に出会った若者たちの「栄光」と「不幸」

平成二十二年、持丸博、松浦芳子夫妻が出版記念会をやった。芳子さんは、三島さんとの思い出を書いている。持丸氏は佐藤松男氏との対談本を出した。

その時、芳子さんがポロリと言った。

「昭和四十五年年十一月二十五日。この日で、持丸は時間が止まりました」。

ゲッ、残酷なことを言う、と思った。

そうか。時が止まったのか。精神は、この11・25で凍り付いたままになり、1秒も針は進まない。肉体だけは生きているが…。

皆、真面目なのだ。真面目過ぎたのだ。新左翼の若者ならば、すぐ気分を切り換えて、「いい体験をした。これを基に小説を書こう。映画を作ろう」と思うかもしれない。ちょっと縁があっただけでも、書いてる人は多い。それに比べ、「楯の会」は生真面目だ。「そんなことに利用したくない」「申し訳ない」と思う。

じゃ、三島・森田氏の後を追って自決しよう、決起しよう。と考えた人もいた。「でも、それでは、二人の決起に泥を塗る。汚してしまう」と思って、皆、止めた。

開き直って生きることも出来ないし、死ぬことも出来ない。なんとも残酷だ。

それに、これから何十年生きていても、三島ほどの人間に出会うことはない。師事することもない。そう思うと、若くして、余りに偉大な人に会うのは不幸なのかもしれない、と思う。

「神を見た」若者たちの栄光と悲惨だ。

持丸博氏の奥さん、息子と会って、話し込み、家に帰ってきた。残念だし、悔しい。あれだけ才能のある人間が、勿体ない。生きていたら、大思想家になっていたのに。

四十三年間も、ずっと「自分のせいだ」と責任を感じて生きてきた。辛かっただろう。獄中にいるよりも辛かったと思う。

（平成二十五年十月記す）

# 父が残した息子への無言の伝言

松浦芳子

昭和四十五年十一月二十五日のことです。何気なくテレビをつけると、「三島由紀夫自決！」とのニュースが飛び込んできました。

「えっ！」

森田必勝さんも自決したとの事。事件に関係した人もテレビに映し出されていましたが、皆お付き合いのあった方々ばかりだったので、本当かと耳を疑いました。

この時、私はお腹に長男を宿していました。

三島先生と共に「楯の会」をつくった持丸博は、諸事情で楯の会を退会していましたが、自分が会員に誘った森田さんが先生と一緒に逝ってしまったことは、言葉では言い尽くせない、辛く複雑な思いがあったのだろうと思われます。

それ以降、毎年十一月二十五日が近くなると、テレビ局や雑誌等が取材にくることがありましたが、夫はなぜ「楯の会」を退会したのかについて、いっさい語ることはありませんでした。

元楯の会会員から、「なぜ退会したのか、無責任ではないか」と非難されたこともあったようですが、頑なに口を閉ざしていました。

そんな夫に、「本を書くとか講演するとかすればいいのに」「先生の思いを繋げなくてはならないのではないですか」と何度かけしかけましたが、やはり動きません。

一方で、三島事件で刑務所に入った人たちは、出てきても就職がないはずだから何とかしなくてはと、会社を設立し、かつての仲間を会社に受け入れていました。確かに、古賀浩靖氏は、出所後少しの間、夫の会社で働いており、社員旅行等にも一緒に行っています。

夫は、末っ子で姉たちは教師でしたので、教育熱心な家庭に育ったのかもしれません。

広辞苑が頭に入っているのではないかと思うような学者肌であり、何か質問すると内心「もういい」と言いたくなるほど、立派な解答がかえってくるのです。学者になれば成功したかもしれませんが、経営は得意でなかったのでしょう。しばらくすると設立した会社は倒産してしまいます。

初めての倒産では、家に債権者が来ることを恐れて、私は子供四人（当時は、二才、四才、六才、七才）を車に乗せて静岡県三島市の夫の友人の社宅に避難しました。

二回目の倒産の時は、実際に債権者が我が家に押しかけてきたり、裁判所から斜めの赤い線が何本も引いてある茶封筒が送られてきたりした後、とうとう差押えとなってしまい、冷蔵庫や家具等に次々と「札」が貼られていきました。

三回目の倒産の時は、法律では夫の所有物にしか「札」が貼られない事を知っていたため、対処することができましたが、さすがに三回目となると呆れるしかありません。

その後、四回目の倒産も経験しましたが、その時は長男も成長しており、精神的にも金銭的にも息子が父親を助けていたようでした。

倒産しても、自社ビルを所有するまでに再建を果たします。それでも何度も同じことを繰り返す夫を見ながら、私は内心、やらなければならない使命があるのにそこから逃げているからではないのかと思ってきました。

昭和四十四年八月、持丸博と二人で婚約の報告に三島先生のご自宅にお伺いした時の事です。先生に「子供が出来たら先生の名から一字頂いてよろしいでしょうか？」

とお聞きすると、先生は即座に「おっ、いいよいいよ」と笑顔でお返事下さいました。今でもあの時のシーンは忘れることが出来ません。

松浦家は二代続けて婿養子だったので、やっと生まれた男の子には、私の祖父「茂明」の「明」と三島先生（本名：平岡公威）の「公威」の「威」の字を頂き「威明」と命名したのです。

それから三十年以上たった平成十七年十一月、夫は、数人の仲間と森田さんの故郷に墓参に行く際に、長男も同行させました。

森田さんのご実家でお兄様にお会いした際、夫は「ここにくるまでに三十五年かかりました」と土下座したとの事ですが、その一言を息子から聞いた時に、ああやっぱりあの事件から夫の人生の時間が止まってしまっていたのだと実感しました。

お兄様は、森田さんが自決時に着ていた楯の会の制服と鉢巻を夫に渡したようでしたが、何を思ってか、夫は隣に座っていた息子にそのまま手渡したといいます。

息子からその日の様子を聞いて「あっ、これで夫の止まっていた時間はきっと動き出すだろう」と感じたものです。

実際に、お兄様にお会いしたことと、血染めの鉢巻を手にしたことで、夫の心の中で何かが動き始めたようでした。

それから夫は、これまで頑なに言葉にしてこなかった三島先生の事を語り始めました。講師の依頼があれば引き受け、「何故、楯の会を退会したのか」と質問されれば事実を淡々と語るようになりました。そして、その後『証言　三島由紀夫・福田恆存たった一度の対決』（佐藤松男・持丸博著）を出版しました。

その後病気で入院し、一年後、旅立ってしまいましたが、もともと文筆家でしたから、もっともっと書きたかったことでしょう。遺品には、メモが多く残されており、本の目次のような記述もありました。

夫から、森田必勝の血染めの鉢巻を長男に渡したときの様子についても、その時の心境等、夫からもっと聞いておけば良かったと思っています。

森田さんの思いも、父としての思いも、息子に受け止めて欲しかったのではないでしょうか。

# 「七生報国」の鉢巻を手に

松浦威明

毎年、十一月二十五日は、父と多磨霊園にある三島由紀夫のお墓参りに行くことが恒例となっていた。

自衛隊の市ヶ谷駐屯地（現在の防衛省）で起きたあの事件は、私が生まれるちょうど半年前の出来事だ。だから私は、三島由紀夫という人物を直接知ることはない。

幼少の頃、毎朝、父の隣で般若心経を唱えたり、一緒に剣道の稽古をしたり、時には京都や奈良の神社仏閣に連れて行って貰い、父から日本の歴史などを教わったりした記憶がある。

十歳頃になると、父は自宅で大学生の書生を集め、水戸学や朱子学、国学などを教えるようになっていた。その関係で私は自然にその講義の末席に座り、日本とは何か、という事を大学生に交じり、父から教わっていた。

中学時代の半ば、父の会社が倒産し、父と離れて暮らすようになった。そして母は、私たち四人の子供を抱えて大変な苦労をしていた。

そんな母を間近で見ていた私は、それ以来、息子として、父と正面から向き合うことができなくなっていった。と同時に、国学や日本の思想などの学問からも離れていった。

三島由紀夫とのエピソードは、父から多く聞く機会があったので、両親が三島由紀夫と親しくしていたことを知ってはいた。しかし、それからというもの、私にとって父も含め、三島由紀夫は、すでに歴史上の人物であり、第三者としての遠い存在となっていき、あの事件も自分には関係がない昭和史の一つにすぎないと捉えていくようになった。私自身が三島由紀夫の本名である平岡公威の「威」の名を受けているにもかかわらず、である。

事件の経緯や内容、その意義、思想にもわざと背を向け、目を瞑って生きてきた。それは、あの事件後、母が重ねた苦労を知っている息子として、父への子供なりの抵抗であったと今は感じている。

しかし、私がどんなに目をそむけようとも、父の過去やあの事件のことは、さまざまな情報が入ってくる。十一月になるとわが家には放送局が取材にも来る。

そんな中で最も衝撃を受けたのが、「週刊ＳＰＡ」に掲載されていた鈴木邦男氏のある記事を見た時だ。

父の学生時代からの友人で、学生運動の同志でもあった鈴木氏は当時、「夕刻のコペルニクス」という連載を執筆していた。その記事は、タイトルに「持丸博が三島由紀夫を殺した」とあり、本文の下には私達家族の写真まで掲載されていた。

書店やコンビニでよく見かける名の知れた雑誌に、自分の父親が三島由紀夫を殺したと書かれ、挙句の果てに、私たち家族は顔写真まで掲載されていたのだ。三島由紀夫の熱烈なファンの目に留まれば、私たち家族に何か危害が及ぶのではないかと危惧すらした記憶がある。

その記事に驚いた私は、すぐさま父に連絡した。

「お父さん、鈴木さんが、雑誌でお父さんが三島先生を殺したと書いているよ！」

ところが父は、驚いた様子もない。

「しょうがないな」と軽く返されてしまった。

私は、

「そんなこと書かれても良いの？」

「何か文章を出した方が良いんじゃないの？」と言った。

すると父はこう答えた。

「お父さんが口を開いたら、その言葉が三島先生の言葉となってしまうかもしれない。男が命をかけて起こした行動に対し、今を生きている廻りの人間がとやかく言う権利はない」

そして、

「他人が色々と論評するのは自由だがお父さんはそうはいかないんだ」

と言っていたことをよく覚えている。

当時の私には、父の言った言葉の意味が全く理解できなかったが、今思えば、三島先生と森田さんが命をかけて行動したあの事件は、両氏が未来の日本に何かを期待し、その日本の後世の歴史にその評価を委ねているということ、それを父は良く理解していたのだと思う。

父にとっては、命をかけて行動した三島先生と森田さんの邪魔をしないことが、唯一できることだったのではないだろうか。

また、当時私は、その記事を書いた鈴木さんに対しても「何て身勝手で迷惑な記事を出してくれたんだ」と憤慨したものだが、その事がきっかけとなり、父の過去が無性に気になり始めた。

あの事件は何だったのか、父と事件との関わりとは、父と三島先生、そして森田さんとはどういう間柄だったのか。そして、父たちはいったい何を目指していたのか、この日本に何を残したかったのかなどを探り始める良い機会となった。


私が三十歳を過ぎたある日、茨城に住んでいた父を訪ねると、父の家の隣に引っ越してきた父の知人、伊藤好雄さんがいた。伊藤さんは、父の大学時代からの友人で一緒に学生運動をしていた間柄であり、「楯の会」が発足する以前からその最後まで会に関わっていた人物だ。私が幼少の頃から我が家に出入りしていたので、嬉しく久しぶりの再会だった。

父と伊藤さんと私とで懐かしい昔の話などをしている中で、伊藤さんがモンゴルで植林活動をしていることを知った。私は単純な興味本位から、連れていってほしいと頼み、それ以来私は毎年、モンゴルでの植林活動とシベリア抑留者の慰霊に同行している。

息子としては許せない父だったが、伊藤さんと触れ合い、話を聞くことを通して、私は父を見ていたのかもしれない。

以前、「楯の会」の父の後輩の方にお会いした時「持丸さん（父の旧姓）は、俺たちを見捨てていなくなった！」と言われたことがある。いくら父親が嫌いな私でも、他人に父の事を悪く言われるのは良い気がしない。私は、モンゴルでの活動中に伊藤さんにその見解を求めた。

伊藤さんはこう言った。

「持丸さんは、彼ら（楯の会の後輩たち）とは、やってきたこと、見てきたことが全然ちがうんだよ。立場が全然違うから、彼らにはいつになっても持丸さんの気持ちは理解できないよ。」

伊藤さんが父の事を理解し、尊敬しているようにも聞こえた。

その言葉は、父に対して感じていた深い溝を埋めてくれるものとなった。素直に父親として尊敬できない私は、少しでも尊敬できる父親の側面を捜していたのだと思う。

モンゴルには、先の戦争後にシベリアに抑留され、亡くなった日本人が多くいる。

あの戦争で何が起こったのかを体感すると同時に、外から観た日本を知ることにもなった。

モンゴルでの活動中、伊藤さんから三島先生や森田さん、そして父の話を聞く機会がよくあった。私から尋ねることはあまりなかったのだが、一緒に参加した方が熱心に伊藤さんによく質問をしていていたので、結果として自分も話を伺うこととなったのだ。

そんなことをしているうちに、父を含め三島先生や森田さん、「楯の会」の目的を知るには、まずは日本を知らなければいけないと思うようになっていった。そして、あの事件によってこの日本に何を残したかったのかということを、父からもっと聞きたいと思うようになった。

平成十六年の秋頃、「一緒に伊勢の神宮に行かないか」と父を誘った。父と行けば神宮のことや日本の文化・歴史を詳しく教えて貰えると思ったからだ。伊勢の神宮に参拝し、神宮の歴史や日本の文化など色々と教わりとても良い経験となった。

その帰りに、父が「森田の墓参りをしに行かないか」と急に言い出した。森田さんの実家とお墓は、伊勢から東京に帰る途中、四日市にある。

父と父の知人の昔の記憶を辿りながらも、最初はどこに墓地があるのか判らずにうろうろ迷ったが、皆で森田さんのお墓参りをすることができた。

その時、父は、森田さんの実家の門の前までは行ったが、森田家の呼び鈴を押すことはなかった。

翌年、平成十七年十一月二十五日は、恒例となっていた三島先生のお墓参りの日にちをずらし、森田さんのお墓参りと神宮を参拝することになった。

父と父の知人数名とで四日市に向かった。

事前に訪問の約束を取っていた父は、今度は、森田家の門をくぐり玄関の呼び鈴を押した。

そこで森田さんのお兄さんにお会いすると、父は、

「ご無沙汰しております。持丸です。私もご覧の通り、この様に随分と年を取ってしまいました」とお兄さんと挨拶を交わし、家の中に招かれた。

部屋に入るなり、父は森田さんのお兄さんを前に、突然土下座をした。

「ここに来るまでに三十五年もかかってしまいました。どうしても来ることができませんでした。申し訳ございませんでした」

と言いながら、深々と頭を下げ続けていた。

初めて見る父の土下座姿を前に、私は、今この場で何が起こっているのか理解できないでいた。

森田さんのお兄さんは「必勝が一番よく分かっています。持丸さんが来ることを必勝が一番喜んでいるはずです」と言い、その後、黙って奥の部屋に行き、何やら洋服らしきものを持ってきた。

頭を下げ続ける父に、お兄さんはそれを差し出し、「必勝が最後に身に着けていたものです」と言いながら父の目の前にそっと差し出した。

それはカーキ色の軍服のようなものだった。わが家にも同じものがあるので、それが「楯の会」の制服であることがすぐに分かった。

我が家の制服と違うのは、制服に無数の白いシミらしき斑点があること。そして、制服の上には、白い鉢巻が置いてあった。

その鉢巻は、白地の布を折りたたんだお手製のもので、鉢巻の真ん中には朱色で書かれた日の丸が書かれ、その両脇には黒墨の筆で書いたように「七生報国」とある。ところが真っ先に私の目に入ったのは、日の丸でも「七生報国」の文字でもなく、茶褐色の染みだった。

その鉢巻は森田さんが最後に頭に巻いていたもので、茶褐色の染みは、あの時に弾き飛んだ血汐の跡であると直ぐにわかった。

躊躇する父に、お兄さんは、「どうか手にしてあげて下さい。必勝が一番喜ぶはずです。」と言いながら、ゆっくりと差し出した。

暫くして父は、両手そっと差し出し、無言でその制服を受け取った。

どのくらい沈黙の時が流れただろうか。父は、森田さんの制服と「七生報国」と書かれた鉢巻を無言で見つめていた。その眼差しは、厳しくもあり悲しくも見え、遠く彼方を見つめているようだった。

事件の後、父がどのような思いで三島先生と森田さんに向き合ってきたのか、私には知る由もないが、父の中には語りつくせない大きな思いがあったことは、容易に感じ取れた。

沈黙を破ったのは手入れが行き届いた庭から聞こえた鳥の声だった。「ピー」と鳴いたその声に、父はふと我に返ったのか、顔を上げて左横に正座していた私にその制服と鉢巻をゆっくりと差し出した。

私は思わず手が出て、それらを受け取ってしまった。私のこの手の上に、あの昭和四十五年十一月二十五日に森田さんが身に付けていた制服と鉢巻があった。

その瞬間に私は、今まで他人事のように遠くで見ていたあの事件が、自身の身の上のことであり、その当事者となってしまったのを感じていた。ただ、今のこの場をどうしたらいいのかも分からず、ただただ手の上の鉢巻と制服を眺めていた。

そして「七生報国」と書かれた鉢巻にゆっくりと手をかざし、すでに真っ黒に固まっている血痕をゆっくりと触った。そして隣にいた父に渡した。終始、言葉はなかった。いや、何か言葉を発せる雰囲気ではなかった。

しばらくして、父とお兄さんが何か話を始めていたようだが私はその内容を全く覚えていない。

そのとき私は、別のことに気を取られていた。正座した膝の上に置かれた自分の右手の人差し指に、黒く小さい塊のようなものが付いているのが見えたのだ。

最初はそれが何だか分からなかったのだが、直ぐに、あの「七生報国」と書かれた鉢巻を触った時に着いた血痕の塊だということに気がついた。

私は、この指に付いた小さい塊をどうしようか考えていた。

「このままにするのか」。このままにすれば、立った時に指から落ちてどこかへ行ってゴミになってしまう。

「指で弾いても同じ事だ」

「この塊を指で掴んでどこかに仕舞うか」

「どこに仕舞う？」

「ポケットに仕舞おうか？」ポケットに入れた瞬間にもうどれかも分からなくなってしまうだろう。

「どうするんだ？」自分に強く問うた。

あの時の熱い魂の血汐。この大切な小さな塊をどこに仕舞えば良いのだろうか。

結局、私は、小さな塊を口に入れ、自らの身体に仕舞うことにした。

私の身体には、あの時に流れた純粋で清らかな熱い血汐が我が血と混じり合い、新しい血潮となって今も尚、生き続けている。

（平成三十年五月）

# 二、幼子のような三島由紀夫

## 胸毛剃ったら十万円

昭和四十一年、あるひとの紹介で知り合った持丸博は、早稲田大学の学生でしたが、『論争ジャーナル』誌に、高山義彦という筆名で執筆もしていました。

『論争ジャーナル』は、昭和四十二年一月に二十代の青年たちによって創刊された月刊誌です。

当時は左翼全盛の時代、朝日ジャーナルを小脇にかかえて歩くことが「かっこいい」学生の風俗でした。

そんな中で、マイノリティながらも保守の立場から、論壇に殴りこみをかけた論争ジャーナルの出現はとても新鮮でした。

論争ジャーナル（昭和 42 年２月号）

論争ジャーナル（昭和 42 年８月号）

表紙には、三島由紀夫、石原慎太郎や村松剛といった、時の若手オピニオンリーダーの顔写真が使われ、中でも三島先生はことのほかこの雑誌に肩入れをしていました。そのうちに著者と編集者との境をこえて、三島先生と論争ジャーナルのグループとの間には、一種の同志的な結合が生まれたようです。

持丸の紹介で編集部に出入りするようになった私は、お茶くみから座談会の接待、いつのまにか簡単な編集のお手伝いもさせていただくようになりました。

また三島先生はひょっこりと編集部にも顔をお出しになり、出入りの学生たちとも気軽にお話をされていました。

『論争ジャーナル』の編集室の中は、いつも男達の笑い顔で満ち溢れていました。そんな中で私は紅一点。時には重宝がられたり、ときには邪魔者扱いをされたり、まるでペットのようにかわいがられていました。

真剣な議論がされるときには仲間はずれです。

その日も、三島先生を中心にして青年達は談笑していましたが、たわいのないおしゃべりの最中に、私は、突拍子もないお願いをしました。

「先生！　先生の胸毛を剃ると十万円貰えるんですってね。」

「私が剃ってもいいですか？」

そのころある女性週刊誌で、

『三島由紀夫の胸毛を剃ったら十万円！』

という懸賞がかかっていたのです。

先生は、自分の肉体を鍛え上げていて、その身体が自慢だったのでしょう。写真集まで出していました。

さらに先生は、その胸毛が自慢だったらしく、わざとチラチラと胸毛が見えるシャツやジャケットを着ていました。それをこれ見よがしに露出する。

「キャア、いやらしい！」

と私が奇声を上げると、おもしろがってさらにからかう。

そんな子供らしい一面もある三島先生でしたから、こちらも図に乗ってお願いをしてしまいました。

どうせ剃れるわけがないと思っていたのでしょう、

「いいよ、いいよ、やってごらん」

昭和 42 年 1 月 純粋な乙女と青年達

ニヤリと笑った先生は、上半身、脱ぐまねをする。

当時、私は、まだ十九才の若い娘。三姉妹の女ばかりの家庭で、当然、男性の胸毛など触ったこともない。剃る事などとんでもない。

だが、武士に、二言はないはず。今、考えると、剃っておけばよかった。

今なら剃ってしまうのに……残念！十万円！。

## 武道館にて三島先生の武者姿

九段の武道館で、三島先生が「武者姿」

になるとお聞きして、持丸と一緒に見に行きました。

武道館の地下にある楽屋は、円形にぐるりとまわっているので、ちょっと間違うと遠回りすることになる。やっと先生の楽屋を探し当てると、先生はすでに身支度を整え、鎧姿で座っていました。

赤や黄色の組紐でかざられた鎧は、とてもあでやかで、先生はまるで五才の男の子がお母さんに鎧兜を着せてもらったような喜びようでした。

「先生！素敵ですね。よく似合っていますよ。うふふ……」

本当は、かわいいですね……と言いたいぐらい。何ともいえず愛くるしい姿でした。

「そなた、近う寄れ！」

なんておっしゃって、無理に気色《けしき》ばむところがまたかわいい。

やがて行進が始まりました。

武道館のフロアーはのぼりを立てて練り歩く人、鎧兜に扮した人たちでいっぱいになりました。先生も武者姿の一行にまじって現れました。観客席に向かって盛んに手を振る三島先生、そこには奥様の瑶子夫人と長男の威一郎君が見物に来ておりました。

行進が終わってからは見物客が会場に入っての交歓会。

武者姿の先生を真ん中にして、奥様と威一郎君が記念撮影、まるで二人の息子を抱え込むような奥様のおおらかさと、二人のはしゃぎようは、とてもほほえましい光景でした。

私はこのとき初めて先生のご家族の方とお目にかかりました。瑶子夫人は、聡明な夫人とお聞きしていましたが、西洋人形のように大きな目をした美人でした。威一郎君は、学習院の制服姿で、愛くるしい目をしたいたずら坊やでした。

こちょこちょとくすぐるのが大好きで、小さな可愛い手でお父さんの首や胸をこちょこちょする。そして持丸にもこちょこちょとかかってくる。

「やめてくれぇ……」と逃げると、よけいに追いかけてくる。人ごみの中を三人で鬼ごっこをする姿が今も思い出されます。

ご家族ご一緒の時に、そのあとも同席するのは……気になりましたが、

「一緒に食事をしよう」

と言われ、ついお言葉に甘えてしまいました。

カレーライスをいただきましたが、三島先生の子煩悩ぶりがとてもほほえましい。あんなにお子さんをかわいがっていらしたのに……。

## 骨のついた肉、スペアリブ

楯の会の会合の帰りなどに、先生と制服姿の学生たちにまじって、私もよくご一緒することがありました。

集団で歩く制服姿は、とても目立ち、いったい何者だろう、とすれ違った人たちは首をひねりながら振り向きます。三島先生には、それがたまらなく嬉しいらしい。

ある日の夕食時、先生を先頭に「楯の会」の学生たちといっしょにレストランに入りました。そこは六本木にある古いレンガ造りのレストランでした。

階段を下ると少し薄暗く、ちょっとざわついた感じのするドイツ風の雰囲気のお店でした。

先生のとりまきは、私をのぞいてみな制服を着込んだ男ばかり。ちょっと恥ずかしい気持ちでしたが、「芳子さんこちらに」との先生の誘いで、先生のお隣りに同席させていただきました。

高級なレストランに入ることなどめったにないので、注文の仕方もわからない。どんなメニューがあるのか、何をたのんでいいのかまったくわからず、困ってもじもじしていますと、

「芳子さんの分は、もう頼んだよ」と先生に言われ胸をなでおろす。

先生のまわりは、いつもいろいろな話題でいっぱいですが、この日も学生達から「死の美学」とか、「男の美学」といった難しい質問がだされて、盛んに議論が飛び交っていました。

美しく死ぬことがどうして美学なのか、男の美学なんて勝手なものだ！

女性は、母となって、子供を守るという本能があるのですから、そんな簡単に死ぬわけにはいきません。無責任に子育てを放棄するわけにはいかないのだ。

「死の美学」なんて、話としては、美しいかもしれないが、女性の立場からは男性の勝手な美学に思えてくるのです。

こんな話が始まると、きまって私は「そんな勝手な美学はわかりません」と不満顔

をする。

「ワッハッハ、芳子さんには、わからなくっていいのだよ。」なんて先生はいつものように笑っていました。

今振り返ってみると、本気で死の美学を語っていたのでしょう。しばらく、わいわい話しているうちに、ボーイさんが私の前に、大きな牛の骨のついたステーキを運んできました。

「えっ！　何これ！　こわい！」

びっくりして、恐ろしがっている私の様子に、先生は　にやにやしている。

「うそだよ、うそだよ。はい、芳子さんのは、こっちね」

と、小さなステーキと交換して下さいましたが、あまりのリアルな肉の塊に、びっくり！

どうしていいかわからず、とまどっていると、先生はその大きな骨のついたステーキを、かぶりつくように食べ始めました。そして、しばらくすると、大きなお皿に御飯を入れ、それにバターもいれ、さらに醤油をかけて、かき回してしまう。お皿の上で、チャーハンが出来あがっていくようだ。

「食べてごらん」

と、すすめられ、おそるおそるスプーンで一口、口にしてびっくり! それが、何ともおいしいのです。

「ほらみろ!」といって、勝ち誇ったような目で、先生は子供のように威張っていました。

ひょっとしたら、ステーキにお醤油をかけるスタイルの元祖は、三島先生だったのかもしれません。

我が家では、子供たちが小さなころ、『三島先生のバターごはん』というメニューで登場していましたが、子供たちが大きくなった今では、懐かしい想い出になってしまいました。

## お母様の誕生日

馬込にある先生のロココ調のお宅には、庭つづきに離れがありました。

瓦葺の落ちついた和風の造りで、そこには先生のご両親が住んでおられました。ある日、先生のお宅にお伺いしたとき、突然、「芳子さん、ちょっとついておいで。今日は誕生日だから」とおっしゃる。

先生は、いつも突然！　が多い。いったい何事かしら……どなたの誕生日なのだろうか、と思いながら待っていますと、大きな花束を抱えて現れました。

玄関を出て階段を下り、アプローチをすぎて右に折れる。花束を両手で抱え、背中を反らして歩いていく先生のあとを、持丸と一緒についてきました。

石畳を何枚か数えると離れでした。そこで私は先生のお母様に初めてお目にかかりました。

縁側の向こう側の和室に、お母様はきちんとした和服姿で座っておられました。先生の足どりにお気づきになり、縁側に出てこられました。

縁のやや大きめの眼鏡をかけ、多少白いものが混じったふっくらとした髪が端正なお顔を包み、どことなく気品のただようお姿でした。先生が大きな花束を渡すと「ありがとう」とにっこり微笑んでおられました。

花束は、抱えきれないほど沢山の真っ白い大きなゆりの花。

その後わかったことですが、ゆりの花は、三島先生とお母様をつなぐ大切なかけ橋でした。

この二年ほど前のこと、先生は「奔馬」の取材のため奈良を訪れ、率川《いざがわ》神社を訪れました。

ここは三枝《さいくさ》の祭りとして名高い古い神社です。この祭りは、お巫子さん達が笹百合の花を持って踊る優雅な祭りで、これをご覧になった先生はいたく感動され、帰りにわざわざ笹百合の花を持ち帰り、お母様にお土産としてお渡しをしたということです。

イラスト：あべまりあ

　白い百合の花は、清楚なお母様によく似合っており、花束を渡す三島先生と、お母様の嬉しそうな姿は、一つの美しい錦絵のようでした。

そのときにっこりとほほえまれた気品のある面差しのお母様の様子は、今も目にのこっています。

母と息子の、とてもすてきな光景に思わず胸があたたかくなったものでした。

## 川端康成さんとお会いして

先生は、ご自分で脚本した舞台の初日には、いつも観に行かれたようです。

その日は、「朱雀家の滅亡」の初日でした。

その後も「癩王のテラス」や「わが友ヒットラー」などの舞台にご一緒させて頂いたことがありましたが、私がとくに印象に残っているのは、『朱雀家の滅亡』でした。

夕方からの公演なので、当時、芝にある大学病院の教授秘書として勤めていた私は、その日の観劇のために、ちょっとおめかしをして出勤しました。

勤務先では、白衣をまとっていますので、中に何を着ていてもわからないのですが、この日は、ハイネックのレースのワンピースを着ていったため、職場では目立ってしまいました。白衣の衿元から見えていた明るいブルーのレースは、少し派手だったのかもしれません。

教授に「今日は、何かあるのかね。デート？　早く帰っていいよ。」

と、言われてしまうほど、うきうきしていたのでしょう。

勤務が終わって白衣を脱ぎますと、プリンセスラインの明るいブルーのワンピース姿である。

いつもこわい教授も、ニッコリ。

ですからその日の洋服は、鮮明に覚えています。

会場で三島先生にお会いしますと

「よく似合っているね。」

と、笑顔でほめてくれました。こんなところにも三島先生は女心をくすぐる粋な心を持っていました。同伴の持丸には、何を言われたか忘れてしまいましたが……。

私は舞台が大好きでした。ましてこの日は、三島先生からのご招待でしたので、何日も前から楽しみにしておりました。

その後拝見した「癩王のテラス」は、ダイナミックな舞台で、主役の北大路欣也の演技がとてもステキで印象に残っていましたが、これに比べて「朱雀家の滅亡」は、派手な舞台ではありませんが、歴史の中からある場面を、セピア色のまま抜き取ったような、古風なイメージでした。

とくに中村伸郎さんの、苦悩や悲しみの表情を見せる演技がとてもリアルで、今でも記憶に残っています。

舞台の幕間の休憩時間のことでした。重そうな扉をひらき、ロビーに出て先生と談笑していますと、二つ隣りの扉から、袴をつけたやせ気味のおじいさんが、羽織の紐を押さえながら、早足で飛び出してきました。

お手洗いに向かって行くみたい。我慢していたのかな。でも、どこかで見た事のある人だと思っていますと、お手洗いから出てきた和服のその方と、三島先生が親しくお話をされているではありませんか。

私は、先生の隣りでご挨拶しただけでしたが、ひょっとして川端康成?

国語の教科書にのっていた人、という記憶はありますが、教科書にはもうすでに亡くなっている人しか載らないと思っていた。それほど無知だった私。

思わず赤面です。

「先生、川端康成さんって生きてらしたのですね。教科書に載っている人は、亡くなっている方だと思っていました。」

と、思わず言ってしまいました。

「わっはっは！　芳子さんは芳子さんなんだから、いいねえ……」

そばにいた持丸は、冷や汗をかき、小さくなっていたのでしょう。

無言……。

あとで、叱られてしまいましたが……。

## 日展での三島先生

「芳子さん、時間ある？」

「はい、大丈夫です。」と、答えると……。

「じゃあ行くよ！」先生は、いつもこの調子です。

行き先きもわからずとまどっていると、さっさと早足で先を歩いていきます。あわてて、小走りでついて行くしかない。タクシーを拾う。先生は都内での移動はたいていタクシーを利用します。

どこへ行くのかしら、きょろきょろ過ぎ去る街並みを見まわしていると、車は上野の公園口で止まった。

絵画の鑑賞かしら？　と思いながら後を付いて行く。美術館の中に入っても、多くの作品の前を素通りし、足早に歩いて行きます。

目的の絵が見つかったらしい。

「あれだ！　あれだ！　あったよ！」

大きな絵の前に、ピタリと止まって、にこにこしています。

目的の絵は、全面が美しい青色に覆われている。海か？　湖か？　そこに描かれた二人の美女は、衣をまとっていない。

先生の奥様の瑶子さんは、日本画の大家杉山寧さんのお嬢様でした。岳父の描かれた日本画を、観にこられたのです。

やっと、ここに来て先生の行動が理解できましたが、どんなに忙しいときでも義理を忘れない律儀な先生です。

「いっちゃん（威一郎君）が、この絵を見てね〝やらしい〟……と言うんだよ。」

と、言いながらも、それは、それはうれしそうに笑みをうかべている。

先生が、お子様のことを語られる時は、いつも素敵な温かい笑顔になるのだが、私は、そのときの先生の様子が一番好きでした。

しばらく腕組して観ていらしたが、

「見た！」

と一言。

そこで、日展の絵画鑑賞は、終わりです。

またまた、出口にむかって早足で館内を通り過ぎる。まるで運動会のような鑑賞のしかたでした。

生きかたに、「隙」がない。時間の使い方には、いつも感心するばかりです。

タクシーで銀座まで……

次は、数寄屋橋の書店内を、早足で歩き、目的の本を買い求める。

まあいそがしいこと。

「あぁっ！　三島由紀夫だ！」

女子学生のささやきが聞こえる。

「先生って、有名人なんですね」

「ワッハッハ！」

相変わらずの大声で笑われてしまいました。

## 探偵ごっこ

私と特丸と三島先生の三人は、喫茶店の二階の大きなガラス窓の脇の席を陣取っていました。その席からは道路が見渡せ、誰が歩いていてもわかります。窓の外を眺めながら、三島先生はいつにもなく楽しそうに、にやにやしていらっしゃいました。

その「にやにや」が何なのか、私には判りませんでしたが、先生は、持丸の顔を見ながら、封筒からおもむろに写真を出し、勝ち誇ったように「ほら見ろ」とおっしゃっておりました。先生が見せた写真には、少しボケてはいましたが、持丸が写っていました。

その写真を見た持丸は、まさかといった表情で写真を手に取って眺め、首をひねっていました。先生にとっては、持丸が驚く様子が嬉しくてたまらないらしく、とても愉快な表情をされておられました。

はじめは、この光景が私には何のことかまったく理解ができませんでしたが、どうやら「写真を撮られないように目的地に行くこと」、「誰にも見つからずにここまで来い」という指令が出ていた事が判りました。

それが隠し撮りされてしまったのですから、「はい残念でした」です。

今日は三島先生の勝ちらしい。

二人は真剣だったのかもしれませんが、私には、探偵ごっこにしか見えません。何だかだましっこしている様子を見て「ほんとに男の人っていつまでも子供なのね」と思ってしまいましたが、その様子がとっても楽しそうだったのです。

思わず「先生、探偵ごっこ好きですねえ」と言ってしまいましたが、相変わらず先生は「わっはっは……」でした。

## 『平凡パンチ』のグラビア

写真などでおなじみの楯の会の制服は、茶色が基調で、ズボンにグリーンのストライブがはいっている派手な制服です。

腰に下げる短剣カバーは黒で、柄を止める皮は茶色でした。短剣はアルミ製の飾りでしたが、すぐに折れてしまうので、その後は特殊警棒を下げるようになったようです。

その短剣は、いくつも我が家の押入れに入っていましたが、子供達が遊んでいるうちに折れてしまい、今はそのカバーしか残っていません。

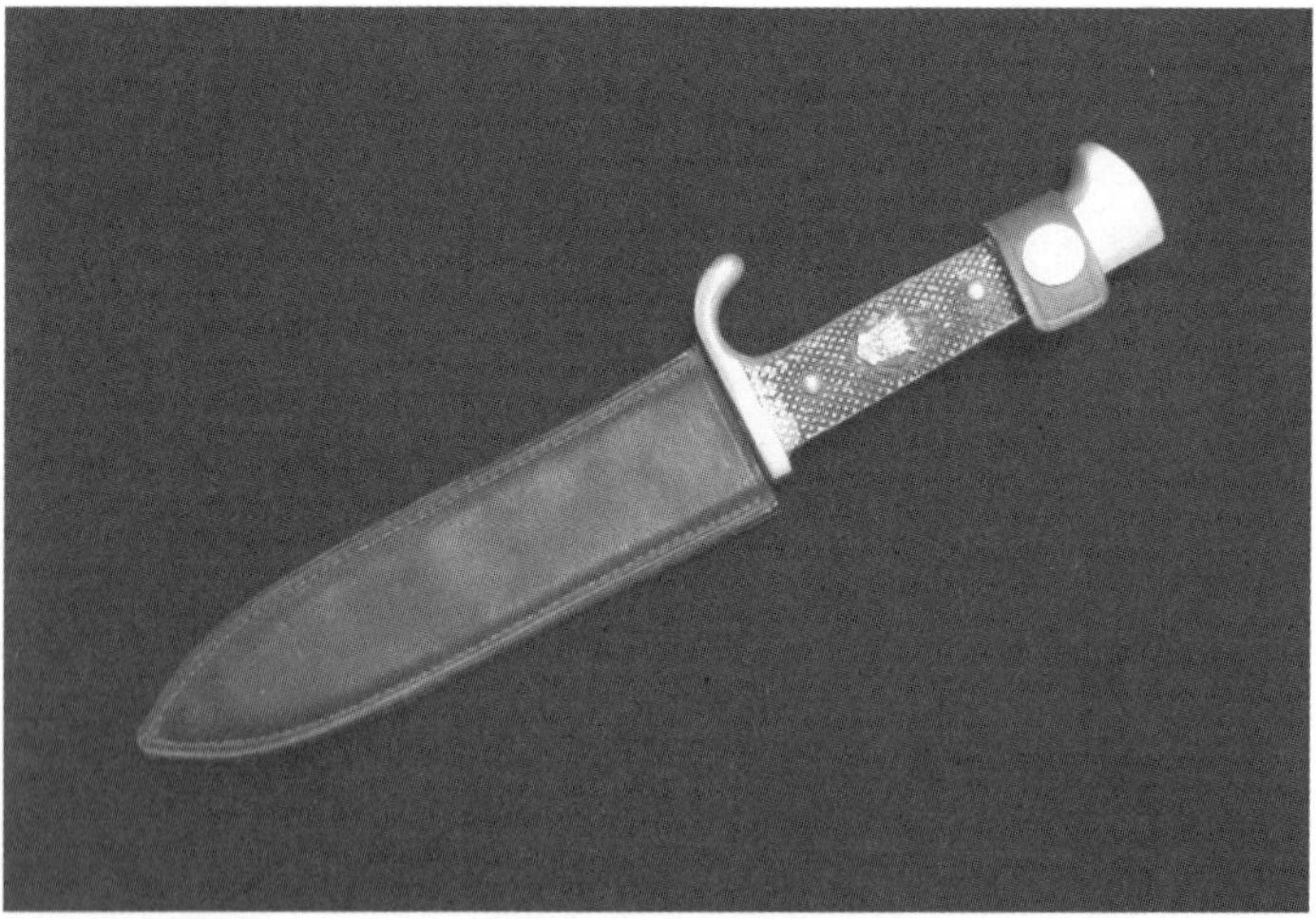

楯の会制服に付けた短剣

楯の会　冬の制服と制帽

何でも銃刀剣所持法に違反するとかで、本物の短剣を下げられないことをいつも先生が悔しがっていました。軍隊ではないので武器を持てないのは仕方がないとしても、その短いおもちゃのような短剣を見たとき、私は内心〝男の人って大人になっても子供なんだなあ……何をおもちゃの兵隊やっているのか〟と思っていました。

一度、三島先生に、「兵隊ごっこ好きですね」と言ったところ、嬉しそうに「わっはっは」と笑われてしまいましたが……。

帽子もあります。制服と同じ茶色の生地で作られ、正面に楯の会の兜のマークがついています。このマークは三島先生がデザインされたもので、鍬形がピーンと跳ね上がって格好の良いものです。

夏の制服は、純白で、ズボンには金のストライプの二本線が入っています。白い帽子にあの金の兜の徽章がひと際目立ちます。私は、夏の制服の方が清潔感があって好きでした。

この制服は、一人一人を見るとずいぶん派手に見えますが、隊になるととても美しいのです。

ドゴール大統領の制服をデザインしたという五十嵐九十九さんがデザインしたもので、西武デパートの池袋店で作っていました。楯の会の学生達は、出来上がりをとても楽しみにしているようで、

「今日は、寸法合わせなんだよ」「今日は、仮縫いなんだよ」

女性の私としては、ちょっぴりうらやまし思いでしたが、皆が揃ったらきれいだろうなあと、こちらも出来上がりを心待ちにしていました。

昭和四十三年の春、初めての体験入隊が終わった頃のことでした。『論争ジャーナル』の編集部が、何となくそわそわしていました。

「明日は、撮影会なんだよ」

と皆うれしそうに話をしている。聞けばこの制服に初めて袖を通し記念の写真を撮るのだという。私はどうせ連れてってはもらえない、残念！

後になって、出来上がった写真を見てびっくり。さすがにプロのカメラマンだけあって、実によく撮れている。端正に着飾った男の制服姿は女性にとってとても魅力的に見えるものです。

写真は、三島邸の前に横づけされたマイクロバスに乗りこんで出発する風景から、撮影を終えて先生のお宅の応接間での歓談のシーンまで、二十数枚ありました。

昭和 43 年 4 月 三島邸にて銃剣道初段の認証状をいただく

昭和 43 年 4 月 三島邸にて談笑

昭和 43 年 4 月 愛宕神社にて楯の会創設期のメンバー

昭和 43 年 4 月 愛宕神社にて持丸博

撮影の大半は、青梅市の郊外の、ある古びた神社の境内で行われたということです。満開の桜と、それに負けないくらいの制服の華やかさ、それはとても美しいコントラストでした。桜の花と軍服とはこんなにマッチするものかと、カメラマンの腕もさることながら、先生の美意識の高さに感嘆したものです。

私は、一緒に連れて行って頂けなかったことに対して写真を見ながら文句を言ったのでしょう。「全部、芳子さんにあげるよ」と、くださいました。

いま私の手許にはこの時の写真が一冊のアルバムとなって残っていますが、それも懐かしい記念の一つとなってしまいました。

毎年十一月二十五日が近づきますと、マスコミで三島事件が特集され、テレビ局の方などが三島先生の遺品などを借りに来られこともありますが、このアルバムも今は古く黄ばんでしまって、四十二年の歳月の経過を感じています。

この派手な制服は、マスコミの間で評判になり、やがてその頃若者に人気のあった、ヤング誌『平凡パンチ』のグラビアを飾るようになりました。

たしか昭和四十三年の秋でした。この平凡パンチ誌上で、カラー五ページ、モノクロ五ページ、しかも三島由紀夫の解説つきという構成で初めて披露されました。撮影場所は北区にある古いお屋敷の古河庭園、あでやかな軍服とクラシックな洋館のとりあわせがまた印象的でした。

「軍服を着る男の条件」と題する解説の中で、先生は「しっかりと鍛えぬいた筋肉とまさかの時には命を捨てる覚悟があること」を、その条件として書きそえていました。

いま読んでみますと、やがてくる運命を暗示しているように思われてなりません。ちなみにページの最後には、楯の会の連絡場所として『論争ジャーナル』の電話番号が記されていて、ちゃっかり人員募集にも利用しています。

なんでも持丸の話では、体験入隊をそれまで二回実施して、会員予備軍が枯渇しがちだったので、一般に広く呼びかけることも目的の一つだったとか。事実、この後の楯の会の会員の何人かはこの『平凡パンチ』の記事を見た学生だった、ということです。

## 早稲田大学でティーチ・イン、そして、東大へ

昭和四十年代前半の大学は、今では想像もつかないほど荒廃していました。どの大学でも正門のめだつ所には「米帝国主義打倒」とか「反帝・反スタ」と大書きした立て看板が林立していました。かたわらではマイクを持った学生運動家が、朝から晩までアジ演説をがなりたてている。まるで工事現場のような騒々しさ。学問の府などとはほど遠い風景でした。

早稲田大学も例外ではありません。むしろここは学園紛争のメッカとも言うべきところで、全国の大学騒動のはしりでもありました。

正門とはいっても、当時の早稲田大学には門はなく、公道から広い階段を数段上れば、そこはちょっとした広場になっていました。広場の奥には大隈さん銅像があり、この銅像前が学生運動家の活動の舞台でした。

タオルをマスク代わりにして顔を隠し、ヘルメットをかぶって座り込む学生がいると思えば、広場を舞台に見たてて、ハンドマイクを持って何やらがなりたてている学生もいる。

ここはまたセクト間の陣取りの舞台でもあり、いつもこぜりあいや乱闘がたえません。この広場はキャンパスの中心であり、ほかの学部や商店街へぬける起点になっていましたので、ここで騒ぎが起きますと、授業などもできません。図書館にも行けないありさまでした。

昭和四十一年一月、早稲田騒動はエスカレートして、ついには全学ストライキにまで突入しました。大学で本気に勉強しようとして入学した学生にとっては迷惑千番の話です。留年を余儀なくされた者、果ては退学する者など、被害は甚大でした。

学生運動は、初めのうちは「学費値上げ反対」とか、「学園の民主化」など、それなりの現実的な目的があったようですが、そのうちにだんだんと思想的、観念的、つまり政治主義が色濃くなってきました。これにセクトの指導権闘争が加わって、戦いのための戦いのように私の目には映りました。

闘争はさらに激しくなり、まるで昔の一揆のようでした。初めは舗道の敷石を砕いた石を投げていましたが、やがて、釘を打ち付けた角材での乱闘、鉄パイプでの殴りあいが常態化しました。もし殴られたらと思うとゾッとします。

こんな中で、ごく少数ながらも、学園を正常化しようとする学生たちも現れました。

早稲田大学の近くにジュリアンという喫茶店がありました。過激な学生運動に反対する学生たちは、その喫茶店の二階の奥を陣取り、いつの間にか溜まり場となっていました。

私達女子学生も、時々遊びに行きましたが、「女性は危ないから、外には出ないように」と言われていましたので、争いに巻きこまれるようなことはありませんでしたが、ばたばたと出入りする男子学生達の動きや会話から、まるで戦場の中にいるような恐怖を覚えたものです。

東京都内も騒然としていました。今でこそ街路樹は美しく植えられ、歩道は地域の特色を生かしたデザインで彩られていますが、昭和四十年前半は、まるで革命前夜のような空気で、何が起こっても不思議でない時代でした。歩道の敷石やレンガは、割られて投石の材料になるため、すべて灰色のアスファルトが敷き詰められました。

神田や御茶ノ水など学生の多い街は、あちこちにバリケードが築かれ、「解放区」と称して、学生たちは横暴の限りをつくし、無法地帯となりました。

交番に火炎瓶が投げられて炎上する様子がテレビに映しだされることもしばしばあ

りました。

父の仕事の関係で原宿の公務員宿舎に住んでいた私は、自宅近くの交番に火炎瓶が投げ込まれ、あたりの道路一帯が火の海となったのを目撃したときの恐ろしさは、今も目に焼きついています。

そんな物騒な時代の真っただ中、三島先生は早稲田大学の大隈講堂での講演会に出向かれました。主催者は保守系のサークルでしたが、聴衆の圧倒的多数は、先生とは考え方の異なる学生たちでした。袋だたきにあうのではないか、もし万が一のことがあったら、と周囲はみな心配したものです。

そんな中、「全学連と対決だよ」なんて先生は嬉しそうにおっしゃる。「文句がある奴あ、かかってこい！」くらいの勢いで丸腰のまま乗り込んで行った三島先生でした。

気合というのでしょうか、胆力というのでしょうか、一ツ橋や東大全共闘との討論でも感じましたが、先生はつねに腹がすわっておられました。

これらの学生たちとの討論は、よほど楽しかったようで、しばらくはこの話題で持ちきりでご機嫌でした。

昭和四十四年一月一日発行の『ひろば』という雑誌の中で、〝憂国の士・三島由紀夫早大へ行く〟という特集記事がありました。

その記事によりますと、

「ロバート・ケネディ来学以来といわれる約二千三百人の学生が、早大・大隈講堂につめかけた。まず三島氏から問題提起のあと三時間にわたってティーチ・インがはじまったのだが、さすがの三派系全学連も、氏のあまりの頭脳の冴えには歯が立たず、しどろもどろの質問の連続であった。その一部をお伝えすると……」

の書き出しで紹介しています。その中で面白いのは、あの学園紛争の中で学生たちが、教授たちをつるし上げ反動呼ばわりをしたにもかかわらず、ここでは三島由紀夫を〝先生〟と呼んでいることでした。

話の内容は「国家革新の原理」という難しそうなテーマでした。

「自由の極地には必ず恐怖がある。その自由と国家はどう向き合うか、国家は国民の保護監察機能を持つが、保護機能が高ければ高いほど、自由は無くなる。われわれはどんな国家を求めるのか、いま享楽している言論の自由の意味をもう一度考える必要がある」などとかなり高度な国家と自由に関する講演でした。その後多くの質問を受けていましたが、私たちの心配をよそに何事もなく講演会は終了しました。翌、昭和四十四年五月には東大全共闘からの誘いで、東大に乗り込みました。そのころ東大は、早稲田大学よりはるかに荒れていました。安田講堂に立てこもった東大全共闘が、機動隊によって制圧されてから四ヵ月とたっていないこの時期、大学構内は落書きだらけで、建物のあちこちに紛争の爪あとが残っていました。

昭和43年6月小平祭にて

　ただし、東大といっても会場は駒場の教養学部でしたので、本郷に比べれば多少の落ち着きはあったようです。とはいえ、あの東大闘争を戦った全共闘との討論集会である。私達は早稲田のとき以上に心配でしたが、先生はといえば、以前にもまして嬉しそうでした。

同行した持丸の話では、駒場には富ヶ谷よりの門から入ったそうですが、会場の前には大きな立看板があって、そこには三島由紀夫をゴリラに見立てたマンガが描かれ、「近代ゴリラ来たる」というキャッチコピーがあったそうです。しかも、その横には「飼育用百円」と書かれたカンパ用の小箱が置かれていた。これを見て先生は思わずゲラゲラ笑ったそうです。

自分の戯画を見て笑っている三島を見て、学生たちも笑う。この情景から先生はこの討論に危険は無いと見て取り、はなから東大全共闘をのんでかかっていたと、その後持丸は話していました。

討論は、罵声やら野次が飛びかって、大変だったようです。

ある学生がここでは「三島」と呼ぶところを、思わず「三島先生」と言ってしまい、言っている学生本人が苦笑し言い直したというハプニングもあったらしい。先生は、心の中で〝にやり〟としたろうなあ……と場内に居なかった私にもその雰囲気が伝わってくるような感じでした。

意見の違う学生がいても、また左翼特有の難解な言葉の言い回しにも、十分にその意見を聞き、丁寧に反論し解説する先生の姿勢は、左右の立場を超えて学生たちに大きな感銘を与えたようです。

時代の風潮や、周りの雰囲気に臆することなく、また媚びたりもせずに、借り物でない自分の言葉で堂々と所信をのべることは、実に素晴らしい。信念を持った毅然とした態度は立場をこえてすがすがしいものです。この日の三島先生はそうでした。そのような三島由紀夫という人間に、学生達は参ったらしい。その後全共闘の中にも多くの三島ファンが生まれたといわれています。

事実、先生の自刃についても新左翼の中からこれを積極的に評価する意見が多数ありました。

〝我は我、他人はひと、されど仲良きかな〟東大全学連の方たちも、思想は違っていても、三島先生の魅力に乾杯！　であったのでしょう。

# 三、きらりとひかる武士のまなざし

## 時間を切る生き方

三島先生の生き方は、とても私には真似が出来ない。

それは、それは　ものすごい生き方の人だと思っている。

ノーベル文学賞候補にもなった著名な作家だからというわけではありません。立派な思想の持ち主だからというのでもありません。私は日本人ですから、当然日本が好きですが、先生の愛国心にひかれたわけでもありません。

とにかくその生き方が、すごいのです。

人は、自分を自分で制するのが、一番難しい。

他人の欠点は、よく見えるが自分には甘い。他人にやさしく、自分に厳しいという人はなかなかいませんが、先生は、そのどちらでもないです。

全ての事において他人にも厳しいが、自分にも厳しかった。

時間の使い方も、普通の人とは違っていました。これ程までに時間を大切にして生きてきた人にこれまで会った事がありません。

当時、四十を過ぎていた先生は、「楯の会」の二十代の若者に囲まれて、いつも元気でうれしそうでした。

大きな口を開けて、大きな声で笑い、瞳はつねにキラキラ輝いていました。筋肉でいっぱいの腕を大きく広げ、ついでに自慢の胸毛も見せながら、身体全体で、おしゃべりしていました。

それは、それは、いつでも、とても楽しそうに……。

ところが、どんなに騒いでいても、どんなに楽しそうであっても、自分で決めた時間になると、まるで今までのことが無かったかのように、ぴたっと人が変わって別人になる。

やさしい瞳から、すべてを射るような厳しい目に一瞬にして変わる。時間をスパッと切ってしまう。

もう、そこには、誰も入れない。誰も寄せ付けない。

多くの人は時間に引きずられて、もう少し……などと時間に負けてしまうというのに、先生は刀で竹を割るように時間を切る。

何と、まぶしく男らしく映ったことか。

あの澄んだ瞳、遥か遠くに焦点があるような力強い不思議な瞳を持つ人に、私は、その後、今もって出会ったことがありません。

先生は、真剣に生きていらした。純粋に。ひたむきに。

まさに一瞬、一瞬を生きることを楽しんでいるかのようでした。

先生にとっては、一時、一時が美しい文学であり、人生そのものが一編の小説であったのかもしれません。


（平成十二年記す）

## 三島先生と日本刀

先生のお宅は、変わった造りになっていました。建物の中央に階段があり、階段の途中には、いくつもの小さな部屋があったようでした。あまり見まわしては失礼と思いながらも、思わずキョロキョロしてしまう。

ある日のこと。

「女性は、入れない部屋だけれど、芳子さんは、まあいいよ。」

と、おっしゃりながら三階の小さな部屋に案内されました。

「ちょっと……」

そこは一階の応接間とは違って、あまり装飾のない、閑静な感じのする部屋でした。いったい何の部屋かと、おっかなびっくり不思議な表情をしている私を尻目に、先生は掛けてあった日本刀をおもむろに取りだし、さやを抜き、真剣な表情で刀に魅入っていました。

「芳子さん、どう？　いいでしょう！　綺麗だろう……」

と先生はおっしゃるが、静かな、まるで魂が入っているような神秘な輝きに圧倒されて、私は声も出ません。

そのうち、小さな桐の箱から何かを取り出しました。木琴を弾く時に使うマレットのような、先端が丸くなった布で刀の刃をぽんぽん叩くと、白い粉が煙のようにまいあがります。

刀の刃は、煌いています。

室内の空気までが凛と張り詰めて、怖い。

長い緊張した沈黙が続きました。

先生が日本刀の手入れをする仕方は、まるで魂を磨くよう。

「芳子さん、きれいだろう？　わっはっは！」

先生の、この〝わっはっは〟で、静寂な部屋の空気が一変し、こわばった体からようやく力がぬけました。

先生の瞳はやわらかく、やっといつもの先生に戻りました。

先生は、当時二十歳の私が、驚いたり怖がったりする様子が、楽しくてしょうがないという感じで、わざとおちゃめな行動をとったようです。

この部屋は、先生が刀の手入れをする時に使う場所であることから、危険なので、「女性、子供は禁制」ということだったのでしょう。

その小さな部屋の向こうには、バルコニーがありました。

先生は、バルコニーがとりわけお好きなようでした。

**持丸談**

あの時の部屋は、三階の左側にある半円形の部屋で、弓型の壁にそってベージュ色のソファーがおいてあった。その端に傘立てのような木製の箱が置かれ、その中に日本刀が数振り無造作に入っていた。

先生の日本刀に対する考え方は、意外に合理的、機能的で、そこに神秘主義や精神主義的な倫理観をもちこむことはなかった。つまり日本刀を純然たる〝武器〟として考えていたのである。

先生がつねづね日本刀を評して「人切り包丁」と呼んでいたのは、そのような意味からでした。

一般に日本刀は「武士の魂」と言われますが、三島先生は、日本刀を精神性の象徴とする考え方はとらず、言うならば、先生にとって日本刀は、その鍛えられた肉体の一部であったと見るべきでしょう。

均整のとれた筋肉質の肉体に美を感じたように、よく鍛えられた日本刀は、三島の肉体の一部として、初めてその価値が認められたと思われます。

## 決まった時間に日光浴

楯の会を始めたころ、持丸はほとんど毎日、打ち合わせのために先生のお宅に通っていたようです。そこで先生は毎日、決まった時間に必ず日光浴をしていたといいます。曇りの日も……。

**博**　「栖の会の会員募集が始まって、ほとんど毎日、馬込のご自宅に行っていたよ。だいたい伺うのは昼過ぎでね。前の日に面接した学生（栖の会の応募者）の印象や評価を報告する。

一方、入会を希望する学生からの手紙が、直接先生宛てに来ることもあるので、それを受け取る。

先生を訪ねるこの時刻は、先生が一番自由になる時間で、大体十二時前後だった。その時間には、毎日屋上のテラスで、裸で日光浴をしていたんだ。

ところが、曇りの日でもやっている。

そこで私が、『曇った日に日光浴をしても意味がないじゃないですか』と質問。

そしたら、三島先生は、

『曇っているからといって、一日怠れば、人間は弱いもので、太陽が出ていても、いいや今日は……とか、ちょっと用事があるから……といって言いわけを作っては、結局辞めちゃうんだよ。』

と言われてしまった。

人間の弱さを充分に認識しているからこそ、そこから不断の努力と、克己心が生まれ、やがて弱さが強さに逆転し、あのような強い思想になるんだね。

自分は、意志が強いと思っている人は、意外と、ころっと挫折してしまう事があるんだけれども、先生は人の弱さを知りつくした上で、訓練して精神や肉体を鍛えているので、よそ眼に、意志の強い人に見えるんだよね。

だから曇りの日でも日光浴する事が、矛盾しないわけだよ。」

やはり、先生は、凡人で

空手練習（持丸・三島）

はなかったのだ。

# 四、さむらい「三島由紀夫」と「楯の会」

## 「祖国防衛隊」から「楯の会」へ

昭和四十五年十一月二十五日、新聞の見出しは、〝三島由紀夫が自衛隊に乱入・演説して割腹自殺〟と書きたてた。

先生は、真剣に考えた上で行動をされたとは思いますが、私には、あの事件がどうしても理解できず、長いあいだ、自分の心に蓋をしてきました。

事件に関する記事、三島先生に対する批評は、ことさら聞くまい、考えまいとしていました。

事件に関する資料や、事件当初の新聞・雑誌、持丸の着ていた制服や帽子も、押入れの奥深くしまいこんでいました。

事件当時、学生だった人達が三島事件を語り、三島由紀夫論を書いてます。皆、知っている人なので、読むとはなしに目に入る。が、すべて　男の論理で書かれています。物事には、光もあれば影もある、それぞれ感じ方には違いがあるのです。

「えっ、違う」と思うこともあれば、「そうだったの……そんな事もあったのね」と改めて感心する事もありますが、勝手に三島由紀夫像が出来上がってしまうようで怖い。

そこで、平成十二年、私が接してきた三島先生を書き遺しておこうと、押入れの資料を出してみました。

押し入れからは、当時の新聞、雑誌、写真、会員名簿、会員出席簿、記録ノートと共に、ホッチキスで止められた小冊子も出てきました。

小冊子の表紙には、『祖国防衛隊なぜ必要か?』というタイトルがあり、「楯の会体験入隊日誌」と書かれたノートもありました。

そのノートの出席名簿の表を見てみると、「楯の会」の例会、特別訓練等には、三島先生は休まず出席となっている。あのいそがしい先生が……と改めてびっくりしたものです。

例会は、毎月一回だったようですが、先生は、ほとんど出席。特別訓練は、体力訓練の事で、皇居の周りを走ることや、武道などの基礎訓練のことらしい。

また古いノートには、これからの楯の会の方針などを討議した会議記録などが書かれてありました。

その抜粋

**三島** 理論闘争などは、会員一個人でやるべきである。それをやっていては、楯の会本来の意味がなくなってしまう。体験入隊の根本的な発想は、言葉によるコミュニケーションが空しくなったからだ。

**H** 日曜日の体育訓練からいろいろ考えてみて、基礎体力だけは、完全にやって行きたい。

**三島** 新入隊員が来る四月頃、体育面で引っぱって行ったらどうか．Sさんの指示に従ってやったらいいだろう。

**S** 何人でも、いつでもやっていきたい。

**三島** 計画では、第一期が百名。その百名が十人の部下をもてば、千人の組織が出来る。これが考えの基本。だが、現在の状勢では、そこまでは出来ない。現在大学生に限っているのは、・体験入隊の期間がとれる。・知的水準が近い。このままの指揮官養成で通していくか。それとも百人でストップするか。

**S** 少数精鋭で、百人どまり。やる気があるものが残ってくれればいい。

これはいったい……息子の威明、曰く
「三島先生って、クーデターを起こそうとしてたの？」

それに父親はこう答えていました。

**博**「クーデターを起こすまでは考えてなかったね。一言でいえば、反革命ということだ。例えば、首都圏が騒乱状態になる。当時は、左派学生の活動がすごかったからね。いつどこで何が起きても不思議でないくらい世の中が不安定だった。

ところが今の日本の法律では、自衛隊が治安出動することは出来ないんだ。

あちこちで暴動が起き、暴動は点から面へ、都市から地方へと拡大するとする。そうなれば、社会が騒然として、警察力ではとても太刀打ちできない状況が予想される。それでも現行法では、自衛隊が出動することはできない。

そこで自衛隊の出動をうながすために、楯の会が治安出動の呼び水になればいいと思っていたんだ。

こちらから打って出て、クーデターをしようっていうのではなかったね。

当時は、左翼による革命が真剣に憂いられた時代だった。その革命を阻止するための楯として作ったのが『楯の会』だったというわけだ。」

持丸の話を聞くと、楯の会とは、祖国防衛隊という大きな構想が先ずあって、その初めの一歩としてつくられたものだと言います。

つまり、はじめは民兵に近い形で祖国防衛隊を作ろうとしたが、現状分析とさまざまな制約の縛りのなかで先ずは「楯の会」という形で出発したということです。

いずれにせよ、あの時期にこのような大胆な構想を組み立てた、三島由紀夫という人に驚くばかりです。

平和ぼけした日本人は、国防などというと、つい右翼とか反動と言われがちですが、国があってこそ、私達は、生命と財産を守られているのでしょう。

国が平和であってこその福祉であり、教育である。

「国防こそ最大の福祉である！」と言った国会議員がおりましたが、はっきり「国防」について語る議員が少ないなかで、勇気ある発言だとおもわれます。

さて、『祖国防衛隊はなぜ必要か？』と書かれた冊子は、当時、それほど大切なものとして扱っていなかったのでしょうか。ところどころ、子供の落書きがありました。でも表紙には、№４の通し番号がふられているところを見ますと、特定の人だけに配られたことがわかります。

全文三十ページあまりのこの冊子は、タイプ印刷され、インクもうすくなっていて、読みにくい個所もありますが、ページをめくってみました。

## 『祖国防衛隊はなぜ必要か？』

戦後平和日本の安寧になれて、国民精神は弛緩し、一方、偏向教育によってイデオロギッシュな非武装平和論を叩き込まれた青年達は、ひたすら祖国の問題から逃避して遊惰な自己満足に耽溺る者、勉学にはいそしむが政治的無関心の殻にとぢこもる者、「平和を守れ」と称して体制を転覆せんとする革命運動に専念する者の、ほぼ三種類に分けられるにいたりました。しかし一九六〇年の安保闘争は、青年層の一部に「日本はこれでいいのか」といふ深刻な反省をもたらし、学校で教へてくれなかった日本の歴史と伝統に自ら着目、真摯な研究をつづけて来た一群を生むにいたりました。これらの青年たちが植民地化されたアジアにおいて、ひとり国の自立を獲ちえた明治の先人の業績に刮目し、自らの力で近代国家日本を建設したその民族的エネルギーが、今日、ひたすら経済的繁栄にのみ集中されて、国家をして国家たらしめる国防の本義から逸脱し、国民精神の重要な基盤を薄弱ならしめてゐるところに、日本の将来の危機を発見するにいたったのは偶然ではありません。

われわれは、一九六〇年以後、言論活動による国の尊厳の回復の準備を進めて参ると共に、一九六五年にいたって、国防精神を国民自らの真剣な努力によって振起する方法の研究に着手しました。核時代といはれる新時代に入って、戦争はいはゆるボタン戦争のみで、これに携はるのは高度に技術化された軍隊のみだといふ概念が流布しましたが、その後、核兵器の進歩は却って通常兵器による局地戦（いはゆる代理戦争）の頻繁な発生を促し、これを戦ふ者も正規軍のみでなく、ベトナム戦に見る如く人民戦争の様相を呈して来た以上、必ずしも高度に技術化された軍隊でなくとも、通常兵器を以って国防に参与できる余地のあることが常識化されるにいたりました。

中略

ここに思ひ到ったわれわれは、諸外国の民兵制度を研究し、左記のやうな各種の資料を得ました。

一　英国

英国軍は、現役軍と予備軍に分かれ、後者がさらに、地方軍と緊急予備軍に分かれてゐますが、この地方軍が、民兵に当り、約十万七千人の兵力を持つてゐます。

中略

四　スイス

スイスは人口五百八十一万。憲法で常備軍の保有は一切禁止されてゐます。平時は職業軍人一千人で、基幹部員でありますが、最高級者は大佐にとどまります。

兵役義務は憲法に明記されてをり、兵役服務期間は、二〇才〜三二才の現役から、予備、後備を含めて五〇才までで将校は五五才が停年であります。

兵役不合格者も補助部隊に入ることができる一方、兵役免除者からは国防税が徴収されます。

在営期間の終了したものには兵器、被服、装備等を自宅に持ち帰り、弾薬は市町村の倉庫でこれを保管します。かつ、自転車兵は自転車を、自動車兵は自動車を、騎兵は乗馬を、それぞれの責任において管理します。

二日間といふ短期間に、人口の二割に当る五十万人の軍の動員完結を可能とするスイスの民兵制度は、ヒットラーをしてその侵入を放棄させるにいたつたのであります。

中略

このやうに、各国の民兵制度を概観して来ますと、民兵制度そのものの長所短所と、わが国の実情との比較検証が必要になります。この制度の長短を論じたスイス軍人の論文によると

略

以上のやうに、民兵制度なるものを種々検討してみたわれわれは、平和憲法下の日本で、われわれ国民が市民としての立場で国防に参与する方途は、ここにあると確信するにいたりました。民主国家国民としてあらゆる自由と権利を享楽してきた日本人は、戦後、義務の観念を喪失したと云はれますが、実はまだ使つてゐない権利が一つ残つてゐるのではないか、民主国家の国民としてのもつとも基本的な権利である、「国防に参与する権利」だけは、まだ手つかずのままではないか、といふのがわれわれの発想のもとでであります。

民兵といふ言葉はみすぼらしく、魅力的でないので、われわれは祖国防衛隊といふ

言葉を使ひます。この制度を日本へ移入する場合、早速次の三つの疑問に逢着すると思ひます。

略

一九六八年一月一日

B四の用紙を二つ折りにして十七枚、びっしりと活字で埋められておりました。これを読みますと、祖国防衛隊の壮大な構想と、日本の現状を憂える先生の情熱が伝わってきます。

最後のページには、先生自らが作詞した隊歌がありました。

一九六八年とは、先生が亡くなったのが昭和四十五年（一九七〇年）ですから、その二年前のことです。

それから楯の会を設立。そして、『豊饒の海』を書き上げ、自決！

それにしてもいそがしい先生でした。

このあと、学生を引き連れて体験入隊を行っているが、あれは「楯の会」ではな

祖国防衛隊　隊歌

強く正しく剛くあれ　文武の道にいそしみて
正大の気の疑う凝るところ　萬朶の花と咲き競ふ
日本男子の朝ぼらけ　われらは祖国防衛隊

若く凛々しく勇ましく　高根の雪に恥づるなき
市民の鑑　武士の裔　祖国を犯す者あらば
かへりみはせじ楯の身を　われらは祖国防衛隊

清く明るく晴れやかに　憂憤深き夜は明けて
正気光を発すれば　歩武堂々の靴跡に
敵影　霜と消え失せん　われらは祖国防衛隊

かったのだろうか？　このことについてもう一度夫に聞いてみました。

**博**　祖国防衛隊構想は、昭和四十二年までに出来上がっていた。この年、先生はたった一人で自衛隊に体験入隊をした。机上の空論ではなく、自分で体験し、それをもとに構想を練り上げたといってもいいだろう。この時、先生は四十二歳、それだけに先生は真剣だったと言える。

ちょうどこのころ、私も早稲田大学の学生を集めて、北海道の恵庭や習志野の空挺団へ体験入隊をしていた。

そこで、三島先生の祖国防衛隊構想と、私らの運動が合致して体験入隊を始めたん

昭和 43 年 3 月 第一回体験入隊

だ。

最初は祖国防衛隊の中核となる、百人のリーダーを作ろうってことでね。これが昭和四十三年三月の最初の体験入隊だった。

したがって、この時は楯の会という名前はまだなかった。自衛隊に対しては「平岡公威（三島由紀夫の本名）と学生有志」という形で申請した。

このとき入隊したメンバーがのちに楯の会一期生とよばれる学生だった。森田必勝や阿部勉、倉持清もそうだね。そのほか後で経団連事件をおこす伊藤好雄、その他あわせて二十数人がいた。

一期生の核になった人達は、早稲田の日文研とか、論争ジャーナルの関係者、あとは俺の個人的な後輩でね……。

**芳子**　祖国防衛隊がどうして楯の会になっていったのですか？　祖国防衛隊の歌までありましたよね。

**博**　あの祖国防衛隊構想は、初めは大変大掛かりなもので、国の予算を使っての「民兵」的なイメージだった。楯の会は、その一歩手前の組織という位置づけで、祖国防衛隊の中核を担う百人のリーダーを育成することが目的だった。

そのためには、社会人であっても防衛組織の中核になりうる人材が必要、という意味で、S警備保障のT氏とか、T警備のT氏などとも連絡を取り、提携を計ることになったのだ。

うーん、成る程！

祖国防衛隊を作るために、楯の会を作ったのか……。

それでは、何故、楯の会で自決せねばならなかったのか？　次のステップが残っていたのではなかったのか？

「民兵といふ言葉はみすぼらしく、魅力的でないので、われわれは祖国防衛隊といふ言葉を使ひます」

というくだりが、先生らしい。

平成十二年記す

## 自衛隊の体験入隊日誌より（抜粋）

自衛隊の体験入隊日誌には、出席簿も貼られ、毎日記録が残されている。

以下、抜粋してみる。

三月一日（金）天候　快晴
八時半　新宿駅西口噴水前集合　遅刻多数あり
十一時五十分　御殿場着

十二時　入隊　昼食　各施設を案内される
十四時　装具点検・着用
十五時　入隊式予行
十六時　自己紹介
十七時　夕食　入浴　自由時間
○行動の機敏さに欠ける。普段の規律なき生活が反省される。

三月四日（月）　天候　晴れ
六時二十分　起床
七時三十分　けいこ…裸でランニング、○○三曹の旺盛なる活力に振舞わされる。
八時三五分　統御の概念（講義）…望月二佐
十二時　昼食
十二時三十分　体力測定（懸垂。一〇〇m、土嚢かつぎ、ボール投げ、走り幅跳び、一五〇〇m）
原（二級）、山本（四級）、中辻（五級）、竹井（六級）その他、級外

十六時四十分　射撃練習場までランニング
○自衛隊の猛訓練をちらりとのぞかせるしごきの日。
○体力測定で、原　抜群の体力を見せつける。
○今日から、いよいよ本格的な訓練が始まった訳だが、それにつけても、我々の日頃が、およそ役に立たぬ議論の連続であった事が反省される。我々が日頃如何に国防の要を説かうとも、それを実地に役立たせる体力なくしては、所詮、空しい書生論にすぎない。頭脳は、ただそれだけでは、一向に役立たない。体がともなって初めて人間は一個の完成体となることが痛感される。

三月七日（木）天候　快晴　午後風強し
六時二十分　起床
八時　　富士学校へ出発
八時三十分　校長の講話、質問
十一時　特殊部隊兵器見学
十二時　会食

十三時　レインジャー訓練（水平？？？渡り、さる渡り、胆力訓練）
十五時　銃器構造学習…○○二尉
○自衛隊の立場の不安定さが、校長の話の中からも感じられた。校長の話によれば、自衛隊の出動は最終段階とある。やはり当然のことと考へられるが、それだけに、そのタイミングが大きなポイントとなってくるだらう。その為には、あらゆる可能性の想定が、必要となる。その点の研究について幕僚はどのやうな手を打ってゐるのであろうか。かといって、背景となる強い力のないことが、現代自衛隊の最大の弱点とも読み取れた。

三月八日（金）　天候　雨　風強し
○先生を歓迎する早朝マラソン。全員、闘志満々。
○朝食後、先生より帰京されるにあたり、全員に注意あり。
一、呼称は呼びすてでなくてよい。先輩後輩の敬意を込めて呼びあふやうに。言葉使いに乱れの見られる折から。
二、健康状態は、一日の欠席も惜しいから早めに申し出る。

三、受講中の居眠りは、精神のたるみである。心するやうに。

三月十一日（月）天候　晴れ

○コンパスを使っての地図の見方を学ぶ。明後日のコンパス行進が楽しみでならない。

○夜、屋上にて隊歌練習。〝万朶の桜か襟の色〟〝汨羅の渕に〟を大声で歌う。マニアの多いせいか実にスムーズ。練習は全くいらない。ただし、矯正のしやうのない音痴ばかり。

三月十三日（水）天候　晴れ

○夜間のコンパス行進実施。一班（伊藤・中辻・平山・森田）二班（持丸・宮沢・石津・阿部・伊藤）三班（渡辺・山本・武井・篠原）四班（新堀・原・大石・篠田）の四班に分かれて実施される。二十キロを行進。新堀班長の指揮宜しきを得て四班一着、以下三班、二班、一班の順。

二時頃までに全員目的地到着。しかし、コンパス行進の醍醐味は、最終目標の神社までの行進を道路を使用せずに西も東も分からぬ藪の中をコンパス一つを頼りに直進したのに尽きた。その不安と冒険は言ひしれぬものがあった。深夜の夕食後、〇〇一尉ともども終夜語り明かす。疲れて居眠りしかける者が多かったが、皆一応夜明かしを経験。睡眠のありがたさをつくずくと味はふ。

三月十八日（月）天候　晴れ

〇いよいよ戦術の勉強が始まった、所詮は机上の……とは思ひながら面白さは抜群である。

〇午後、村松先生、中辻編集長、来られる。村松先生の、巧みな話術に、インドネシア、イスラエルの状況がいきいきと手にとるやうに理解できた。国防問題については、何を守るべきかといふことに興味があった。普通隊員も共に聴講できたためか、一寸、隊員向きの感があったが、さすがに名講義の感が深かった。皆も感動したようす。夜は、七十年問題その他について、先生との懇談がなされた。

三月二十八日（木）天候　曇り
○今日、いやこの入隊期間厨随一のショックを味はう。RR砲の威力といふよりも、その音のものすごさは、正に驚異。砲の後方にあった木箱が、ガスで微塵にふきとぶさまは恐怖さえ感ぜしめた。平山曰「あれを聞いて、反動が無反動になっちゃった」蓋し名言。

三月二十九日（金）天候　晴れ
○富士学校で沖縄戦士の講義をきく、沖縄の戦いほど悲壮で勇壮な戦いはない。講義中、先生（三島）、学生と誤られて質問を受け、絶句。若さとは貴重なもの、しかしこれ、喜ぶべきか悲しむべきか。
○体力測定。全員級内に入る。一級、原、スーパー出現。体力は、全員確実に向上したやうだ。

三月三十日（土）天候　小雨
○とうとう最後の日が来た。感慨は皆それぞれであらう。が、いずれにせよ、この一ヶ月、我々が得た自信は、必ずや、今後の我々に何らかの影響を及ぼすに違ひなからう。この二十人の中から、我々が真の同志を何人得れるか、それは知れない。たとへ一人も得られなかったとしても、われわれは、それを徒に悲しむべきではあるまい。

我々は、彼らが彼らの道にをいて、この体験を十二分に生かしてくれることを期待するべきだらう。そして、我々は、我々の道にをいて、この体験をどう位置ずけるか、それが当面の我々に迫る問題

昭和 43 年 7 月 第二回体験入隊時、お風呂で談笑

であるやうに思へる。

## 『春の雪』を誉めて、お返事をいただく

文学少女でなかった私は、正直いって三島由紀夫の小説にあまり興味がありませんでした。

先生とお会いしてからは、申し訳無い気持ちで、代表作の数冊は読んでみましたが、作品の中の性描写は好きでなかったし、目に見えない不思議な霊のような世界が感じられて、小説の中に入ることが怖く思っていました。

『憂国』という映画中で先生の演じる性的なシーンは、見るのも恥ずかしく、切腹の場面もあまり気持ちの良いものではありませんでした。

色々な週刊誌には、先生が半分裸で、矢が刺さっているようなシーンの写真も載っているし、まったく……何なのだ！　と当時は思っていました。

「先生の本は、いやらしから嫌い」という私に、先生は「そうか、わっはっは」と、いつも笑い飛ばすだけで、ほかには、何もおっしゃらない。

私が文学少女でなく、「いやらしい」とか、「エッチ」とか幼稚な批評をするところが、先生はかえって気にいっていたようでした。

ところがある時、先生が新しく本を出されたとお聞きし、なぜか『春の雪』という美しい題名に惹かれて読む気になりました。

当時、『論争ジャーナル』の編集部でいつもガヤガヤやっていた学生たちは、自衛隊での体験入隊中でしたので、暇だったということも手伝って読み始めました。

読みはじめると、頁ごとにちりばめられた言葉一つ一つが心に響き、その日本語の美しさに感動し、一気に読んでしまったのです。

信じられない事でしたが、以前に森鴎外全集を読み、描写が絵のように美しく、おもわず自分でも小説を書いてみたくなった時のような感覚でした。

日本語というものがこれほどまでに美しいとは、今まで感じた事がありません。優雅で、趣があり何ともいえない。絵のような文章であると思いました。

本の帯には、川端康成氏による賛辞があります、

「この作品は、西洋古典にも通じるが、日本にはこれまでなくて、しかも深切な日本の作品で、日本語文の美彩も極致である。三島君の才能は、この作品で危険なまでの激情に純粋昇華している」


読んだ後、感激のあまり自分の立場も忘れて、読後の感想をあれこれ申し上げました。そして体験入隊中の先生宛に、初めてお手紙を差し上げました。

相手は天下の三島由紀夫だというのに……若気の至りです。

『春の雪』の文章の美しさと、感激した心の動きを、拙い文章で綴った私に、先生はお返事を下さいました。

以下、三島先生からの返書の全文です。

お手紙ありがたう
持丸君の話では、小生の一時帰京の間に、こちらへお越しに

なるといふことなので、この手紙を彼に託します。

ここの生活については、彼から逐一おききになるでせう。

彼の苦労は言語に絶します。どうか貴女のやさしさ、天賦のやさしさで、彼の心を慰めて下さい。それが何よりのはげましになると思ひます。

われわれの仕事は不確実な、ふしぎな仕事です。外面は荒っぽいが、小生は、すべてが詩のやうな仕事だと思ってゐます。

われわれにとっては、純粋性ほど大切な観念はありません。この兵営のなかで、フラスコの中のやうに、われわれはその純粋性の実験を、不確定な未来へ向かってやってゐることをどうか御理解下さい。持丸君にとっても小生にとっても、貴女の御理解が何より大切です。

貴女への持丸君の愛情は、いつも悩まされてゐる小生が保証します。貴女の純粋なお気持も、小生は、かたはらから察せられます。どうか　むさぼれる限りの幸福をむさぼって下さい。

拙作を読んで下さってありがたう。一生けんめい書いた作品ですから、ほめられるとやはりうれしいのです。日本語といふものを、小生はこの作品で、できる限り追求してゆくつもりです。

では、又、春たけなはの東京でお目にかかることになるでせう

匆々

三月十一日

三島　由紀夫

松浦　芳子様

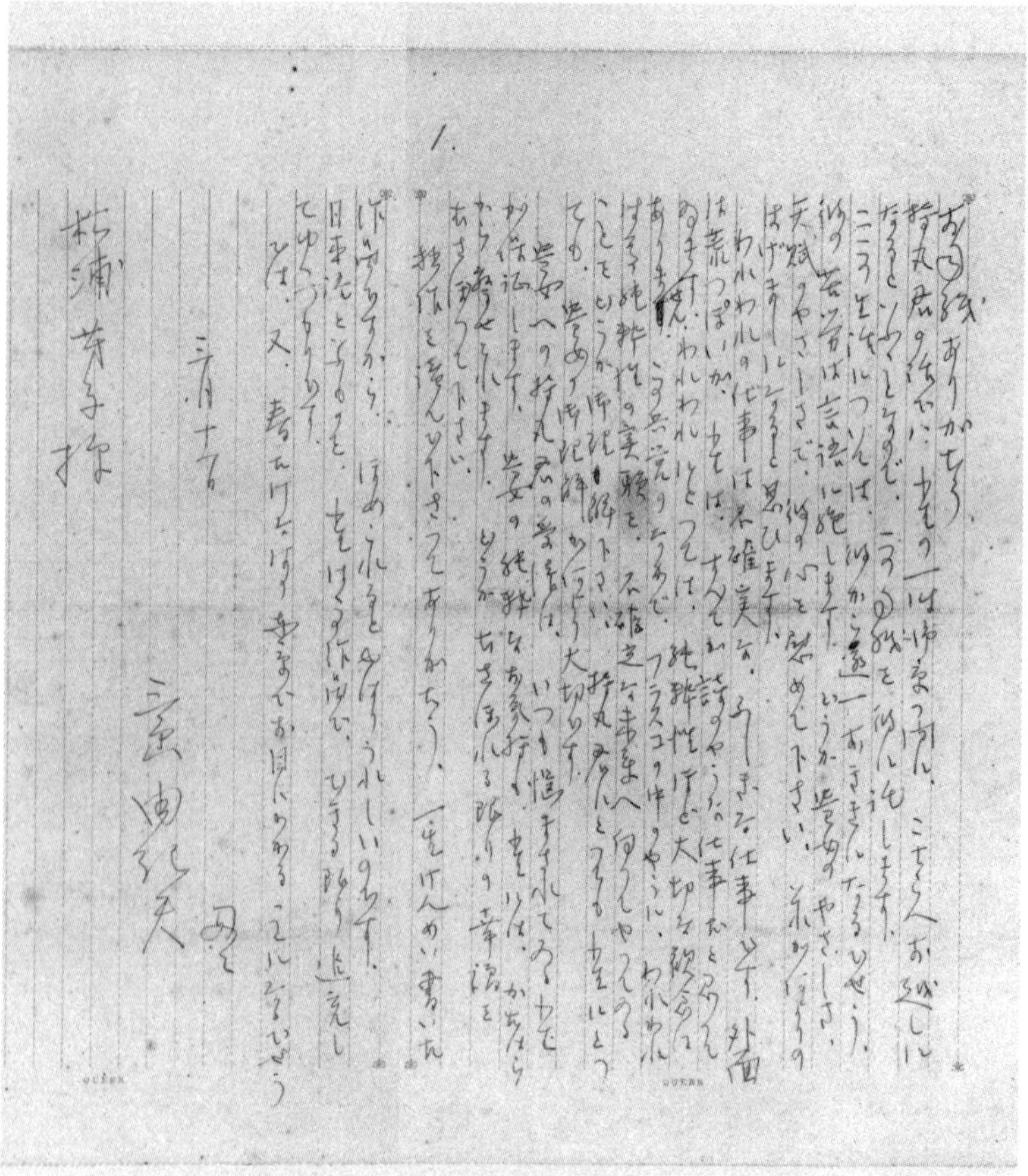

1.

お手紙ありがたう。[illegible]こちらへお越しに
持丸君の[illegible]
[illegible]
[illegible]
彼の若さは言語に絶します。[illegible]
天賦のやさしさで、彼の心を慰めて下さい。[illegible]
はげまし[illegible]と思ひます。
われわれの仕事は不確実な。[illegible]仕事ですが、外面
は荒っぽいが、中では、すべて[illegible]仕事だと[illegible]
[illegible]われわれにとっては、純粋性だけが大切な[illegible]
ありません。[illegible]フラスコの中のやうに、われわれ
は[illegible]純粋性の実験を、不確定な未来へ向ってやってゐる
ことをどうか御理解下さい。持丸君と[illegible]
ても、[illegible]御批評が何より大切です。
[illegible]への持丸君の影響は、いつも悩まされてゐるので
お便りします。[illegible]の純粋なお気持、[illegible]
から[illegible]。どうか[illegible]の幸福を
お考へになって下さい。
持丸を選んで下さってありがたう。一生けんめい書いた
作品ですから、ほめ[illegible]うれしいのです。
日本人としての[illegible]追究し
てゆくつもりです。
では、又、[illegible]でお目にかかる[illegible]

三月十日
三島由紀夫

松浦芳子様

昭和44年3月
三島由紀夫氏より松浦芳子宛にいただいた手紙

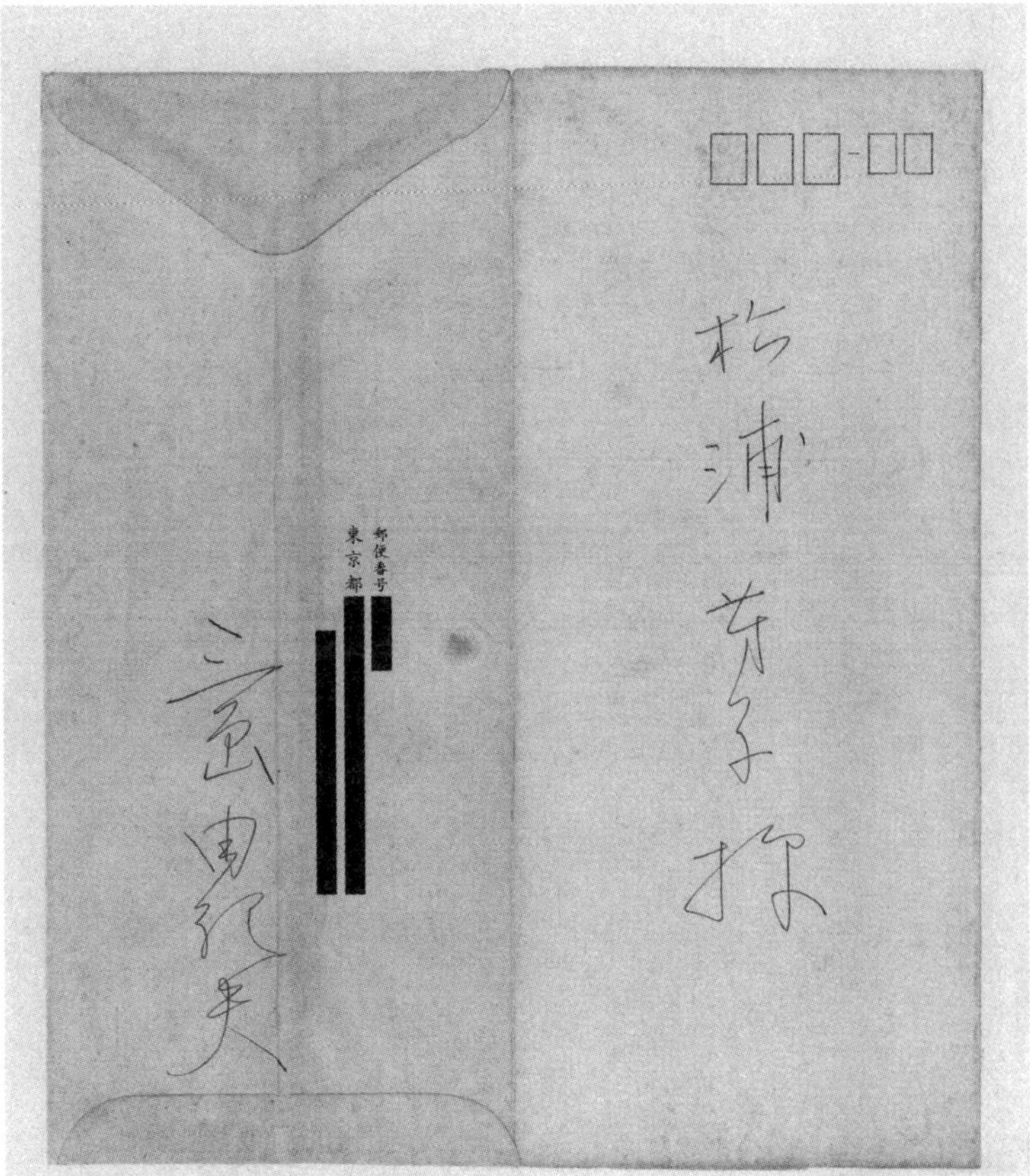
松浦芳子様
郵便番号 [redacted]
東京都 [redacted]
三島由紀夫

これは昭和四十四年のことです。

「春たけなわの東京でお目にかかることになるでせう」が、今はこの手紙が、遺品となってしまいました。

その後、『暁の寺』、『天人五衰』と矢継ぎ早に作品を書き上げ、旅だって逝かれました。

そのスピードは、人間わざではない。

まさに、壮絶な生き方でした。

## 三島邸での「櫻湯」

昭和四十四年八月の暑い夏の日、持丸との婚約のご挨拶のため、馬込の三島先生のお宅を訪問しました。

先生はにこにこされて、とても上機嫌で、溢れるような笑顔で迎えて下さいました。

先生の机の上には、いつも紺色に白鳩のデザインの、お洒落なピース缶が置かれていました。缶の蓋を開け、指に挟んでたばこを吸うポーズをとってはいますが、先生が実際にタバコを吸って、煙を出している姿は記憶にありません。お洒落な紳士は、女性の前ではたばこは吸わないのかもしれません。

先生のお宅は、ロココ調の建物で、装飾のすべてがヨーロッパ風でした。初めてお伺いした時には、あまりの洋風の外観に驚いたものでした。

先生はサムライのような人ですし、純和風の香を焚き染めた和室に通されるものと勝手に思っていましたので、その意外性によけい驚いたものでした。

ヨーロッパ調の猫足の白い椅子、高い窓に掛けられたビロード風のきらびやかなカーテン。金のモールの付いた止め房。

応接間から、階段を上った踊り場風の中二階には、ピアノが置かれていました。

赤いワイングラスを揺らしながら、階段をゆっくり降りてくる先生の姿は、まるで舞台を見ているような風情でした。よそ様のお宅であまりきょろきょろしては失礼とは思いながらも、現実離れした光景に、思わず目を白黒させてしまいました。

さてこの日は、その豪華な応接室ではなく、三階にある先生専用の小さな部屋で待っていて下さいました。

壁際に私達二人が座り、窓際には先生が座られました。

しばらくすると、お手伝いの方が、お茶とお菓子を運んで下さいました。

「どうぞ」

と言われて、茶器の蓋をとって、びっくり！　茶椀いっぱいに大きな櫻の花が一つ。ひらひらと花びらが揺れています。

「わあ！　綺麗！」

感激して思わず叫んでしまった私に、先生は満足そうに、ににこと笑みをうかべてくれました。先生は、どんなことにも真剣でしたが、この時も全身で喜んで下さいました。

私は、あの時の先生の笑顔を一生忘れる事はないでしょう。

そのあと、先生はとても重要なことを話されました。

持丸と二人で、今後の楯の会について話し合っていたのです……。

**三島**「楯の会も軌道に乗ってきた。結婚したら、芳子さんと二人で事務局をやってはくれないだろうか。」

「月に生活費として五万円ではどうだろうか……」

当時の私の給料が、二万円（慈恵医科大学教授秘書）でしたので、生活は出来ないことはないでしょうが、家庭はどうなるのだろう。

単純な不安と一方では面白いかもしれない、という気持ちが交錯しました。持丸もまた複雑な気持ちで悩んでいたようです。

やや沈黙の後

**博**「しばらく考えさせてください」

その後、持丸は、この話を断りました。

それから、約一年、先生は、どこで路線を変えたのでしょうか。

そしてそれは何ゆえだったのでしょうか。

あの時、事務局を受けていたらあの事件はなかったのでしょうか。今でも複雑な思いです。

歴史に〝もし〟はないとしても、先生から「二人で楯の会を……」とのあの提案を、持丸が受けていたら、その後の楯の会はどうなったのでしょうか。

この日は、昭和四十四年八月。そして、あの事件は、四十五年十一月である。多分事件は、違った形になっていたはず……。

自決後、「持丸が楯の会をやめなければ、三島は死ななかったはず」、「森田が先生を連れて逝った」など、さまざまなことを言われましたが、持丸の心の内は誰にもわからない。

夫、持丸の時間は、先生の自決で止まってしまっていますが、そろそろ事実を語ってもいいのではないでしょうか。

## 焔に消えた血判書　—忘れねばこそ、思い出さず候—

昭和四十五年十月二十七日　夕刻。（三島事件の約一ヵ月前）

その血判書は、三島由紀夫と持丸（松浦）博の手で、浪漫劇場の裏庭で燃やされたといいます。

何故、燃やさなければならなかったか……。

あの事件については、普段から口の重い夫である。それを知っているので、こちらからもなかなか切り出せない。思い切って聞いてみることにした。

**博談**「いろいろ複雑な事情があってね。それを説明するには、先ずは論争ジャーナルと三島先生の関係を話さなければならない……。」

夫は口ごもって言うが、その先がなかなか進まない。

だが、その後、持丸はこの間の事情をある誌に発表することになりました。

持丸が、新潮社版三島由紀夫全集の付録に『三島由紀夫と論争ジャーナル』のタイトルで書いた一文です。これによってあの血判書が作られた経緯や、それを処分した背景が分かるかと思われますので、以下これを引用しながら考えてみます。

「……楯の会を考える時、どうしても『論争ジャーナル』をぬきにしては語れない。

この月刊誌は昭和四十二年一月に創刊され、当時左翼一辺倒の論壇に、正面から立ち向かった保守派のオピニオン雑誌であった。そのスタッフの一人、万代潔が昭和四十一年暮れ、三島由紀夫を訪ねたことから、三島と論争ジャーナルの関係が始まっ

た。（中略）
四十二年の初めから三島と論争ジャーナルグループとの急速・急激な接近が始まった。編集長中辻和彦と万代、そして当時学生であった私は頻繁に三島家を訪れるようになり、『俺の生きている限りは君たちの雑誌には原稿料なしで書く』と言わせるまでに信頼を勝ち得ていた。……（中略）」

この年、昭和四十二年は、三島先生にとって大変重要な一年でした。四月から四十五日間の体験入隊をし、この年の暮れまでに、あの祖国防衛隊構想を論争ジャーナルのスタッフと共に練り上げたのでした。そして明くる年三月には楯の会第一回の体験入隊が実施されました。

問題の血盟（血判書）は、第一回の体験入隊をする五日前、つまり、昭和四十三年二月二十五日の夜、三島先生と論争ジャーナルグループ十一名によって行われたものでした。

「（昭和四十三年三月から始まった体験入隊は、その後四十五年三月まで五回にわたって実施された）……『楯の会』の名前が出来たのは、第二回の体験入隊終了後、会員数が四十名余りとなった昭和四十三年九月のことである。これから一年後の四十四年九月まで、会の事務局は論争ジャーナルの編集部内におかれ、当時副編集長の私が会員の募集、選抜、事務手続き等実務に当たってきた。（中略）……」

もともと、保守派学生のメッカのような雰囲気があった論争ジャーナルの編集部は、学生との直接的なパイプをもたない三島先生にとっては、有能な若者と接触できる唯一つのサロンだったのでしょう。忙しい日程をさいて、先生は週に一度くらいのペースでこの編集部に来られました。

このように楯の会と論争ジャーナルは、密接不可分の関係となり、論争ジャーナルの編集部は、あたかも楯の会の本部のような機能を果たしておりました。

しかし、昭和四十四年ごろから論争ジャーナルの経営は、きわめて厳しい状態になりました。

持丸は、これを次のように書いています。

「……楯の会とはいわば表裏一体としてマスコミ界に新風をふきこんできた論争ジャーナルは、昭和四十四年ごろから経営がきわめて悪化し、時には発行が遅れることもあった。この財政上の危機をのりきるために、責任者の中辻は大変な苦労をした。父親の退職金を全てつぎ込んでも足りなかった。そこで右翼系のある財界人から資金援助を受けることになる。(中略)……」

この財界人とは、人も知る、戦後日本の〝怪物〟と言われた田中清玄氏のことです。

世間では、右翼の大物フィクサーとして、とかくダーテイなイメージで見られていましたが、持丸らの話を聞いていたせいか、私はこれとは違った印象を持っていました。

この当時の田中清玄氏は、特に中近東の石油資本にコミットし、将来の日本のエネルギー戦略を見据えて遠大な布石を打っていました。一方では、論壇に少なからぬ影響力をもつインテリの一面を持っていたようです。が、三島先生はこれを許せなかった。

「……これまでどこからも資金援助をうけずに楯の会を維持してきた三島にとって、論争ジャーナルに『黒い噂』があることは、同時に楯の会の資金的な倫理性を損なうことになると考えた。それほど両者は密接に結びついていた。体験入隊を『純粋性の実験』といい、楯の会を『誇りある武士団』と見る三島は、これを看過できなかった。……」

こうして三年あまり続いた三島先生と、論争ジャーナルとの密接な関係は破綻しました。昭和四十四年の夏、持丸を除いた、中辻以下論争ジャーナルのスタッフ五人は、楯の会を去ることになります。

これによって苦境に立たされたのは、持丸の立場でした。もともと彼は、論争ジャーナルを主宰する中辻氏とは同門の間柄で、切っても切れぬ関係であったからでした。

その後、三島先生から楯の会に残るか、論争ジャーナルに戻るかの二者択一を迫られた持丸は、結局どちらからも身を引く決断をしたのでした。

持丸の楯の会退会をもって、三島先生と論争ジャーナルとの蜜月は完全に終止符がうたれました。

のちにこの訣別について持丸は次のように語っています。

「……三島由紀夫と論争ジャーナル。その出会いは一つの夢の始まりであり、訣別は大いなる悲劇でした。しかしこの運命的な出会いと別れがなければ、楯の会がこの世に生れることはなかったし、また三島先生があのような形で自裁することもなかったかもしれない……。」


ここまで考えてみると、三島先生が死の一ヵ月前にわざわざ持丸を呼び出して、あの血判書を焼却した事情が、なんとなく分かるような気がしてきました。

やはりそうだったのか。三島先生は最後の最後まで、ご自分の歴史の中で〝不純〟と思われる痕跡を消去しようとしたのだろう。

話をもとの会話に戻します。

**博談**「……先生はね、論争ジャーナルとの連中とは、今は完全に縁が切れているのだから、燃やそう、ということになったんだ」
何を燃やしたって、一緒に活動した歴史は消えないというのに……。
私にとっては、論争ジャーナルの人達は、正義感の溢れた凛々しい青年達で、みな魅力的なお兄様方でした。
**博**「先生は、潔癖だったからね」
**芳子**「それって、潔癖というより子供みたいですよね」
**博**「……。」

ところが、あの事件から三十年がたったある日のこと。

私は、押入の奥にしまいこんでおいた三島事件に関する資料を、なんとなく見直してみたい気分にかられました。

それまでは、むしろ意識的にあの事件から目をそらしてきた私でしたのに。

「あれから三十年もたってしまった」

という感慨からだったのでしょうか……いや、けっして、そんなことではありません。これこそが

「忘れねばこそ、思いださず候」

ということなのでしょう。


幾つもの段ボールの箱を開けると、ほこりと黴の混ざった古臭い匂いが、部屋中に、ただよいます。

月刊誌『論争ジャーナル』も何冊かでてきました。

事件当日の新聞、週刊誌なども、ダンボールに、入っている。

「楯の会」の前身である「祖国防衛隊」の小冊子もありました。自衛隊の体験入隊の時の日誌もある。懐かしい物が、いろいろ出てきました。

隅のほうから、丸められた紙がたくさん出てきた。きれいな写真のカレンダーであったり、ポスターであったりした。

その中に、不思議なものがありました。何かのコピーのようなものが数枚。なんだろう。取り出して順番につないでみた。？？？？

「誓」という字が大書されて、……。

平岡公威という署名がある……。

これは……ひょっとすると血判書？　でも、もし血で書いたものであったら、随分な量の血がいるだろうなあ……。

でもあれは、燃やしてしまったはず？　が、どう見ても、あの血判書のコピーに違いない。さっそく夫に聞いてみた。

夫も驚いて、

**博談**　この血判書について、私は長いこと、関係者の記憶の中にだけ存在するものと思っていました。

三十年ぶりに見たよ。これは、まさしくあの血判書のコピーだ。よくとってあったねえ。

**芳子**　やっぱり、血判書のコピーだったのですか。それにしても、これだけ書くには、相当の血がいったでしょうに、どうやったのですか？

**博談**　あの時はね、小指をかみそりで切って、固まらないように塩をいれて……。

（この血判が行われた事情については、別項で）

**芳子**　本来なら、この血判書はこの世には無かったものでした。

しかし、三十年我が家の押入に眠っていて、私が先生のことを、そして楯の会のことを、女性から見た目で書こうとしたこの時に、はじめて日の目を見たということは、一体偶然なのでしょうか。

先生が生きておられて、「先生の事、書いてもいいですか？」と問いかけたら、多分「それは、燃やしたものだよ」と言いながらも、

「芳子さんなら仕方ないなあ……本当に、芳子さんは芳子さんなんだから……ただし、文のみだよ」と、承諾してくださったはず。

誓いの心は、死ぬまで同じであったろうから……。

ただ、私は、その誓いを読んで、残念で、残念で仕方が無い。

私は、あのころ何も知らず、先生が何を考えているのかも知らず、ただただ、目を丸めてびっくりしてばかりでした。

でも、少し大人の目で物事を見られるようになった今、その死が残念でなりません。

「皇国の礎とならん事を誓う」当時の私であったら何と右翼的な事……と驚いたでしょうが、今は違います。

百二十五代もの長い間、ただ一系の天皇をいただく国は、世界でわが国だけです。

これは日本の誇りであり、大切に子孫に残さなくてはなりません。

先生は、男子学生達と、男のロマンを語り、武士道を語り、男の死を語り、その眼はいつもキラキラと輝いていました。学生達の目もまたキラキラ輝き、皆まぶしかった。

私にも、いろいろ教えていただきたかった。お聞きしたかった事も、たくさんあった。

残念でなりません。

（平成十二年記す）

血判書の全文は以下の通りです。

誓

昭和四十三年二月二十五日

我等ハ
大和男児ノ
衿リトスル

武士ノ心ヲ
以テ
皇國ノ礎
トナラン事ヲ
誓フ

平岡公威
（以下十名の署名）

## 楯の会の〝血盟〟について

噂では聞いたことがありましたが、写しとはいえ、あの〝血判状〟を見た時は、言葉では言い表せないほどの衝撃を受けまし

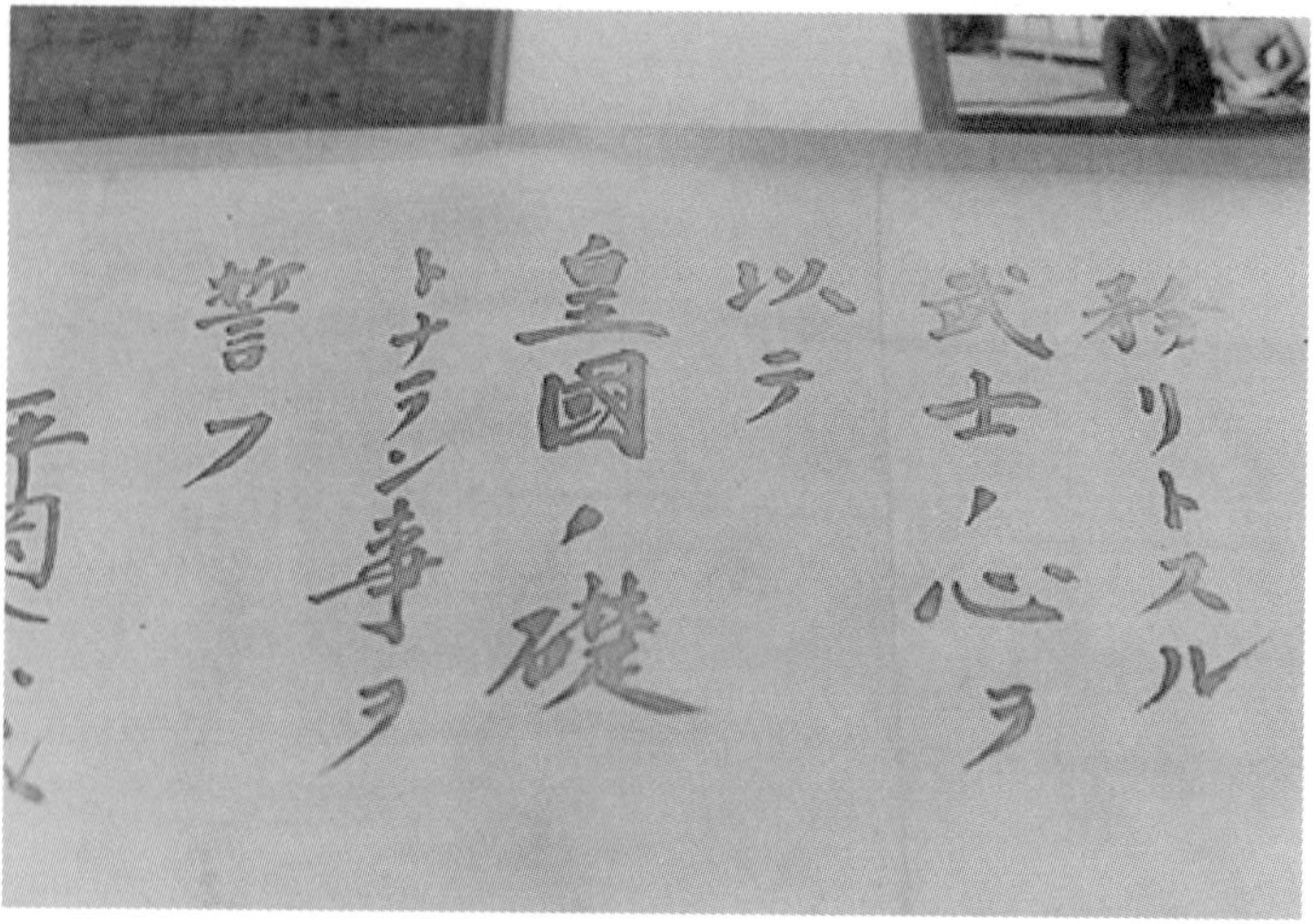

平岡威公と青年たちの血書

た。

三島先生はじめ他の十人も、みな顔見知りで、普段から冗談を言いあったり、気軽にお茶を飲んだりする間柄でしたので、日ごろ接する彼らの姿と、血盟という行為のあまりの大きな落差に、女性である私はただただ驚くばかりでした。

まるで「三島由紀夫と十人の侍」というタイトルの時代劇を見ている、そんな錯覚におちいってしまいそうな気分でした。

自分の指を傷つけて、その血で字を書くなんて！　言葉にもなりません。

ほんとなのかしら！　本当にこの書は血で書いたのか？

どこで、どんな目的で、その時はどんな雰囲気だったのか？

この衝撃的な光景をお伝えするには、私が聞きかじりで書くよりも、持丸本人に直接語ってもらうことが、より真実を伝えられると思い、以下、彼が記した一文を紹介することにします。


【……（中略）　ここに一巻の巻物がある。かねてから伝説となっていた三島由紀夫と、十人の青年との間に交わされた「血判状」である。（当時はまだ「楯の会」と

いう名前はなく組織も明確ではなかったので、これは厳密に言えば三島由紀夫とその仲間による血盟というべきである）

第一回の体験入隊を五日後にひかえた昭和四十三年二月二十五日。

この日は朝から北風が激しく吹きあれる、とりわけ寒い一日であった。銀座八丁目、日航ホテルの横手にある古い小さなビルの四階。そこは論争ジャーナルの事務所兼編集部でした。

愛用の革ジャンの襟を立てて、三島先生が現れたのは夜の七時を回ったころだった。小脇には近くにある十仁薬局の紙袋を抱えていた。いつもは、ひょっこりと、唐突に顔を出す三島先生だったが、この日はあらかじめ決められた時刻の来訪だった。

事務所には厳選された十人の若者が待っていた。先生は紙袋の中からアルコール、安全カミソリ、脱脂綿等を取り出した。

テーブルの上には巻紙が広げられた。

カミソリは何に使うのかと、初めはいぶかしく思ったが、聞けばこれで小指を切るという。それまではてっきり小柄《こづか》か短刀を使ってと想像していたが、日本刀を「人斬り包丁」と呼ぶ三島先生のことだから、なるほどこれが「三島流の合理主義」というやつか、と一人で合点しているうちに急に緊張が解けてきたことを思い出す。

先ず三島先生が手本をしめす。左手の小指の先端にカミソリの刃を軽く当ててさっと引いた。ためらいもなく、まるで果物を切るような手なれた動作である。そして編集長の中辻以下十人が続く。中には深く切りすぎて貧血を起こした者もいた。

全員の血をコップにためて、凝固しないようにと食塩を加えた。たっぷりと鮮血を含んだ毛筆を手に取り、三島先生は以下の誓詞を一気に書いた。

誓

我等ハ　大和男児ノ　衿リトスル

武士ノ心ヲ以テ

皇国ノ礎ト　ナラン事ヲ誓フ

墨書に比べてひときわ鮮やか印象であった。続いて各自署名する。

先生は初めから「本名で行く」と宣言し、「平岡公威」と書いた。やがて十人が署名。これで血盟の儀式は終わった。
事務所の片隅ではガスストーブが勢いよく燃えていた。その火照りのせいばかりではなかったろう。この夜の凍るような寒さにもかかわらず、誰の額にも玉のような汗が光っていた。（中略）

（『AERA』平成5/10/31号、持丸博「幻の血判状…」より）】

人の運命とは不思議なものです。その人間が織り成す世の中もまた摩訶不思議なもので、これだけ熱く誓い合ったはずの「三島由紀夫と十人の侍」に、やがて訣別の時がきます。

さまざまな原因によって、三島先生と論争ジャーナルは別々の道を歩むことになり、この血判状は三島由紀夫と持丸の二人の手によって焼却されました。

この間の経緯を持丸は、以下のように書いています。

【……（中略）昭和四十五年十月二十七日、あの事件のほぼ一ヶ月前のことである。
私は三島由紀夫と共に御茶ノ水にある浪漫劇場の庭に立っていた。

都心にしては意外なほど緑が深く、稽古場の横にはかなり広い空き地がある。ここであの血判状は焼却された。

血盟に参加した十一人のうち六人は退会し、三島由紀夫（楯の会）と論争ジャーナルとの関係は既に切れていることから、相談のうえ二人で処分したものである。

話はこれより一週間ほど前……私は霞町（現在は西麻布）にあるアマンド喫茶室で三島由紀夫とお茶を飲んでいた。別に明確な目的があってあったわけではなかったが、先生からの誘いで会うことになったのである。

この時、先生の口から次のような内容の話があった。

「楯の会も作って三年になる。いろいろと周りの状況も変わったので、来年あたりは会の形を変えようと思っている……そのときはまた面倒をかけるかもしれないが、ひとつよろしく頼む」

ごく軽い会話だったので、楯の会の形を変えるという言葉が何を意味するか、ましてて先生あのような形で最期を迎えようとは、その時は考える術もなかったのである。

今にして思えば、この後一カ月余りであの事件が起こったわけだから、先生はこの日、私との最後の別れのつもりで来てくれたのである。

さて、いっときの間、体験入隊の思い出話しなど雑談をしているうちに、話は、ふとあの血判の話題になった。

「ところで、あの血判状は今どこにある?」三島先生が訪ねられた。

(この原本は初め論争ジャーナルの金庫に保管されていたが、事情があってこの時は私が預かっていた)

「今は私が保管しています」と答えたところ、先生は非常に喜ばれ、ほっとした様子で、「それはよかった!」と二度、三度つぶやいて、安堵の笑みを浮かべていた。

そこで、ふたり立ち会いの上で処分することを決め、翌週再び浪漫劇場で会うことになったのである。……そして焼却。

かつて楯の会創設の原点となった血判書はこうして炎と消えた。

ところで、これに先立って、私が原物を預かることになった折、私は念のため

る。

と思い、そのコピーをとっていた。それが今私の手元にある血判状の写しである。

したがって原物はいま見るべくもない。しかし写しであっても、先生の筆の勢い、志操の高さ、そして楯の会創設期のメンバーの意気の在りようを明確に窺い知ることができる。

「大和男児の衿リトスル武士ノ心ヲ以テ・・」

自刃するまでのこの後の三年は、たとえ外部の状況がどのように変化しても、三島由紀夫のこの志だけは、けっして変わることはなかった。

三島由紀夫は最後まで武士の心で生きたのである。】

(AERA 平成5/10/31号)

以上が、三島由紀夫と楯の会有志による血盟とその後の顛末の経過ですが、この血判書を見るたびに、とても複雑な思いになるのです。

## 檄文

事件後、心の蓋をしてしまった私は、檄文を読むことさえしませんでしたが、事件後三十年経って初めて読んでみました。

檄文を読んだこともないと言うと誰も信じてくれませんし、意外な顔をされます。もちろん斜め読みぐらいはしました。しかし、どうしても読む気になれなかったのです。

今、ゆっくりとひとつひとつの文字を追ってみますと、日本の行く末を思う先生の情熱、また整然とした論理の深さに気づき、ため息とともに慄然としてしまいました。

死をもって日本人を諌めようとしていたのでしょうか……と……。

私達は、もう一度冷静な心で、全文を読んでみる必要があるのではないでしょうか？

（平成十年記す）

# 檄

楯の会隊長　三島由紀夫

われわれ楯の会は、自衛隊によつて育てられ、いわば自衛隊はわれわれの父でもあり、兄でもある。その恩義に報いるに、このやうな忘恩的行為に出たのは何故であるか。かへりみれば、私は四年、学生は三年、隊内で準自衛官としての待遇を受け、一片の打算もない教育を受け又われわれも心から自衛隊を愛し、もはや隊の柵外の日本にはない「真の日本」をここに夢み、ここでこそ終戦後つひに知らなかつた男の涙を知つた。ここで流した我々の汗は純一であり、憂国の精神を相共にする同志として共に富士の原野を馳駆した。このことには一点の疑ひもない。われわれにとつて自衛隊は故郷であり、生ぬるい現代日本で凛烈の気を呼吸できる唯一の場所であつた。教官、助教諸氏から受けた愛情は測り知れない。しかもなほ、敢てこの挙に出たのは何故であるか。たとえ強弁と云はれようとも、自衛隊を愛するが故であると私は断言する。

われわれは戦後の日本が経済的繁栄にうつつを抜かし、国の大本を忘れ、国民精神を失ひ、本を正さずにして末に走り、その場しのぎと偽善に陥り、自ら魂の空白状態へ落ち込んでゆくのを見た。

政治は矛盾の糊塗、自己の保身、権力慾、偽善にのみ捧げられ、国家百年の大計は外国に委ね、敗戦の汚辱は払拭されずにただごまかされ、日本人自ら日本の歴史と伝統を潰してゆくのを、歯噛みをしながら見てゐなければならなかつた。われわれは今や自衛隊にのみ、真の日本、真の日本人、真の武士の魂が残されてゐるのを見た。しかも法理論的には、自衛隊は違憲であることは明白であり、国の根本問題である防衛が、御都合主義の法的解釈によつてごまかされ、軍の名前を用ひない軍として、日本人の魂の腐敗、道義の頽廃の根本原因をなして来てゐるのを見た。

もつとも名誉を重んずべき軍が、もつとも悪質な欺瞞の下に放置されて来たのである。自衛隊は敗戦後の国家の不名誉な十字架を負ひつづけて来た。自衛隊は国軍たりえず、建軍の本義を与へられず、警察の物理的に巨大なものとしての地位しか与へられず、その忠誠の対象も明確にされなかつた。われわれは戦後のあまりに永い日本の眠りに憤つた。自衛隊が目ざめる時こそ、日本が目ざめる時だと信じた。自衛隊が自ら目ざめることはなしに、この眠れる日本が目ざめることはないのを信じた。憲法改正によつて、自衛隊が建軍の本義に立ち、真の国軍となる日のために、国民として微力の限りを尽くすこと以上に大いなる責務はない、と信じた。

四年前、私はひとり志を抱いて自衛隊に入り、その翌年には楯の会を結成した。楯の会の根本理念は、ひとへに自衛隊が目ざめる時、自衛隊を国軍、名誉ある国軍とするために、命を捨てようといふ決心にあつた。憲法改正がもはや議会制度下ではむづかしければ、治安出動こそその唯一の好機であり、われわれは治安出動の前衛となつて命を捨て、国軍の礎石たらんとした。国体を守るのは軍隊であり、政体を守るのは警察である。政体を警察力を以て守りきれない段階に来て、はじめて軍隊の出動によつて国体が明らかになり、軍は建軍の本義を回復するであらう。日本の軍隊の建軍の本義とは、「天皇を中心とする日本の歴史・文化・伝統を守る」ことにしか存在しないのである。国のねぢ曲がつた大本を正すといふ使命のため、われわれは小数乍ら訓練を受け、挺身しようとしてゐたのである。

しかるに昨昭和四十四年十月二十一日に何が起こつたか。総理訪米前の大詰といふべきこのデモは圧倒的な警察力の下に不発に終わつた。その状況を新宿で見て、私は「これで憲法は変わらない」と痛恨した。

その日に何が起こつたか。政府は極左勢力の限界を見極め、戒厳令にも等しい警察の規制に対する一般民衆の反応を見極め、敢えて「憲法改正」といふ火中の栗を拾はずとも、事態を収拾しうる自信を得たのである。治安出動は不要になつた。政府は政体維持のためには、何ら憲法と抵触しない警察力だけで乗り切る自信を得、国の根本問題に対して頬つかぶりをつづける自信を得た。これで、左派勢力には憲法護持の飴玉をしやぶらせつづけ、名を捨てて実をとる方策を固め、自ら護憲を標榜することの利点を得たのである。名を捨てて、実をとる！政治家にとつてはそれでよからう。しかし自衛隊にとつては、致命傷であることに、政治家は気づかない筈はない。そこでふたたび、前にもまさる偽善と隠蔽、うれしがらせとごまかしがはじまつた。

銘記せよ！

実はこの昭和四十四年十月二十一日といふ日は、自衛隊にとつて悲劇の日だつた。創立以来二十年に亙つて、憲法改正を待ちこがれてきた自衛隊にとつて、決定的にその希望が裏切られ、憲法改正は政治的プログラムから除外され、相共に議會主義政黨を主張する自民党と共産党が、非議会主義的方法の可能性を晴れ晴れと払拭した日だつた。論理的に正に、その日を境にして、それまで憲法の私生児であつた自衛隊は、

「護憲の軍隊」として認知されたのである。

これ以上のパラドックスがあらうか。

われわれはこの日以後の自衛隊に一刻一刻注視した。われわれが夢みてゐたやうに、もし自衛隊に武士の魂が残つてゐるならば、どうしてこの事態を黙視しえよう。自らを否定するものを守るとは、なんたる論理的矛盾であらう。男であれば男の矜りがどうしてこれを容認しえよう。我慢に我慢を重ねても、守るべき最後の一線をこえれば、決然起ち上るのが男であり武士である。われわれはひたすら耳をすました。しかし自衛隊のどこからも、「自らを否定する憲法を守れ」といふ屈辱的な命令に対する、男子の声はきこえては来なかつた。かくなる上は、自らの力を自覚して、国の論理の歪みを正すほかに道はないことがわかつてゐるのに、自衛隊は声を奪はれたカナリヤのやうに黙つたままだつた。われわれは悲しみ、怒り、つひには憤激した。諸官は任務を与へられなければ何もできぬといふ。しかし諸官に与へられる任務は、悲しいかな、最終的には日本から来ないのだ。シヴィリアン・コントロールは民主的軍隊の本姿である、といふ。

しかし英米のシヴィリアン・コントロールは、軍政に関する財政上のコントロールである。日本のやうに人事権まで奪はれて去勢され、変節常なき政治家に操られ、党利党略に利用されることではない。この上、政治家のうれしがらせにのり、より深い自己欺瞞と自己冒瀆の道を歩まうとする自衛隊は魂が腐つたのか。武士の魂はどこへ行つたのだ。魂の死んだ巨大な武器庫になつて、どこへ行かうとするのか。繊維交渉に当つては自民党を売国奴呼ばはりした繊維業者もあつたのに、国家百年の大計にかかはる核停条約は、あたかもかつての五・五・三の不平等条約の再現であることが明らかであるにもかかはらず、抗議して腹を切るジェネラル一人、自衛隊からは出なかつた。

沖縄返還とは何か？　本土の防衛責任とは何か？　アメリカは真の日本の自主的軍隊が日本の国土を守ることを喜ばないのは自明である。あと二年のうちに自主性を回復せねば、左派のいふ如く、自衛隊は永遠にアメリカの傭兵として終るであらう。

われわれは四年待つた。最後の一年は熱烈に待つた。もう待てぬ。自ら冒瀆する者を待つわけには行かぬ。しかしあと三十分、最後の三十分待たう。

共に起つて義のために共に死ぬのだ。日本を日本の真姿に戻して、そこで死ぬのだ。生命尊重のみで、魂は死んでもよいのか。生命以上の価値なくして何の軍隊だ。今こそわれわれは生命尊重以上の価値の所在を諸君の目に見せてやる。それは自由でも民主主義でもない。日本だ。われわれの愛する歴史と伝統の国、日本だ。これを骨抜きにしてしまつた憲法に体をぶつけて死ぬ奴はゐないのか。

もしゐれば、今からでも共に起ち、共に死なう。われわれは至純の魂を持つ諸君が、一個の男子、真の武士として蘇へることを熱望するあまり、この挙に出たのである。

「日本人よ しっかりしろ！」との檄文だったのでしょう。そして諫死！先生の日本を心から愛する心は伝わってきますが、私は、共に死のうというくだりは、どうしても納得が出来ません。

日本を心から愛する立派な日本人の多くが死んでしまえば誰が日本を導くのでしょうか。それぞれがその立場で日本の為に色々な役目を果たさねばならないのに……。

私は、単純にそう思います。

ペンの力でいくらでも日本の為に戦えたでしょうにと思うと悔しいのです。

結局、先生は自分勝手に男の美学に結論を出しただけなのでしょうか。先生と深くかかわった学生達は、今もあの時から時間が止まってしまったような人生を歩んでいます。

中村彰彦著『烈士とよばれる男』には、森田必勝の事が書かれてあり、持丸が楯の会を辞めてから「楯の会」は、随分変化している事が判ります。

息子に、「結局は、楯の会事務局を受けなかったお父さんが殺したようなものかもしれないわね。当時は、自決は考えていないもの」と話しますと、

「そうかな、これほどまでに人を熱くさせる事はなかったでしょ。三島事件をきっかけに自分の生き様を知った人もいるんじゃないの。自決には、四十五歳は肉体的にもぎりぎりでしょ。一番いい時期じゃなかったの。確かに、生きていれば大きな活動になったけれど、三島先生は、この時期を待っていたのかも知れないよ。お父さん達は、大義の犠牲になったんだよ」と言われてしまったのです。

そう言われてみれば、先生は「老い」という事に醜さを感じていたようでした。年齢を重ねる事、自分が青年でなくなる事を恐れていた先生に向かって「私、十九歳。先生四十三歳！」と、からかった事がありましたが、「もう……」という顔で睨まれましたっけ。それでも……やっぱり男の美学は？？？　わかりたくありません。

昭和45年11月25日、東京市ヶ谷陸上自衛隊のバルコニーで檄を飛ばす三島由紀夫（提供「産経新聞」）

## 何故、マイクを使わない

三島先生はあの日、自衛隊での最後の演説で、マイクを使いませんでした。

「七生報国」と書かれた鉢巻を締め、楯の会の制服姿でバルコニーに立った先生は、白い手袋をはめ、右手を振り上げ左手を腰におき演説をしました。

しかし、その演説は、バルコニーの下に集まった自衛隊員の野次と、マスコミのヘリコプターの爆音で、何も聞こえなかったはずです。

杉野さん（当時 村松剛夫人）に、三島先生の思い出を語っていただいた折、「最後にマイクを使わなかったのは何故か」の話になりました。このことを夫に話したところ、「それはたいへん重要なことなんだ」と次のように話していました。

**博**「楯の会で体験入隊をした時、先生は体験学生に対し、『言葉の効用と限界』ということに関して、興味ある話をしていました。それは、人間が自分の話す言葉の真意を誤りなく伝え、相手に、正確に理解してもらえる範囲は、せいぜい十人が限界だ、と言うことです。

話し手の表情、呼吸、息吹が、聞き手に直接伝わる範囲の中で、普通の音声で話さない限り、話の真意はなかなか伝わらない、という意味だ。

声を張り上げたり、マイクを使って演説すると、そこには必ず虚飾と誇張が入るので、人の心を動かすことはできない。

昔から軍隊の最小単位は十人で、これを一個班といって、戦闘時も内務でも組織の基本単位だった。一個班十人というのはこれが根拠だ。

ところで、今の社会では自分の声やメッセージを、文明の利器によって、広範囲に、また遠くまで届けることが可能だが、それでは、本質的に人の心を動かすことはできない。というのが、三島先生の基本的な考え方だった。まず、お互いが構えてしまうからね。

日本の社会は、明治以降ずっと西洋化の路線を突っ走って、ここまで近代化されてきた。欧米のさまざまな社会の仕組みをまねて、日本の現在があるわけだ。それを我々は近代化であり、進歩と思ってきた。

でも、ひょっとしたらこれは間違いじゃなかったか。その行き着く果ては、環境破壊であり、文化の荒廃であり、人間の機械化であり、所詮は、人間の退化ではなかったか。

この近代化という路線に対し、もっとも初期的な反抗が、明治初期の〝神風連〟なんだよ。太田黒伴男や加屋霽堅《かやのはるかた》という人達が敬神党という組織を作って、文明開化の流れに反対した。彼等は文明の象徴である電線の下を通る時は、頭の上に扇をかざして通ったわけだよ。

それは、非常に宗教的で、ばかげた行動に見えるかもしれないが、世界の行き着く果て、日本の現状を見れば、必ずしも神がかったことではないなかった、ということだ。

このことと、マイクを使わなかった事は本質的に同じことだ。

三島先生が、一番訴えたかったことは、このまま行ったら日本は駄目になってしまう！　ということなのだ。

もちろん憲法改正も重要だ。教育改革も重要。しかし、それ以前に日本の進んでいる方向が、根本的に間違っているという問いかけだね。

だから、〝神風連〟は、先生が非常に興味を持った事件だったのだ。

死を覚悟した人間が、日本の行く末に警鐘を鳴らし、魂の底からの叫びを発する時、その言霊を否定するマイクを使わないのは当然でしょう。

最後の演説にマイクを使わなかったのは、そういう事だと思う。」

夫の話は、いつも難しい。

解ったような、解らないよう話である。

三島先生の一つ一つの行動には、必ず意味があったが、最後のバルコニーでの先生の心の叫びを思うとたまらなく、今まで考えないようにしていました。

先生が、一体どんな気持ちであの時間を過されたかと思うと胸が痛い。

何故？　どうせ決行するならマイクを持って、自分の訴えを集まった自衛隊の人達のみんなに伝わるように言えば良かったのに……と、当時、内心ずっと思っていた。

先生の死を冒瀆するようで言葉には出せませんでしたが、ずっとずっと思っていました。

でも杉野さんや夫と話すうちに、もやもやとした胸のうちがやっと晴れ、先生の笑顔が広がってきました。

先生には、皆に聞こえないことも判っていた。そして、自衛隊が動くことがないことも判っていた。

〝やむにやまれぬ　大和魂〟だったのだ。

先生は、美しい日本語で『豊饒の海』を遺し、誰にも理解されることなく、黙って逝かれました……。

森田必勝も純粋な人だった。だからこそ、先生は、必勝を選んで連れて逝ったのでしょう。

# 五、森田必勝のこと

## 「必勝」のダンスパーティー

〝必勝〞と書くと、応援団のようだ。

私達は、

「おい！　ひっしょう」

と、半ばからかいぎみに呼んでいました。

いつもにこにこしている必勝のまわりには、やさしい、暖かな空気が流れていました。

今考えると、私のほうが年下だったのに。

「芳子さん」

と呼ばれて、お姉さん気分

神社にてきめてる森田必勝

で、威張っていたような気もします。

当時、大学生の間では、秋の学園祭は、一つの社交場になっていました。男女が二人で表通りなどを歩いていると、すぐに噂になってしまうので、男性も女性もグループで、わいわいがやがや、あちこちの学園祭に押しかけました。

私の通う短大は、女子ばかりで、九段にありました。普段、男は入れない女の園ですが、このときばかりは多くの男性が堂々と入ってきます。女子学生のお父さん、兄弟、そして親しい友人。まったく関係の無い人は、入る事が出来ません。

ですから、女子大の学園祭に行くということは、男子学生にとっては、恥ずかしいが、名誉なことであったらしい。

男性と二人で校内を歩こうものなら、後で「誰！　誰！」といわれてしまう。お互いに、どんな男性を連れてくるか、それとなくチェックしあっていました。

私は、婦道研究会〝花のつどい〟というサークルで活動していましたが、学友会の会長は、浜岡さん、学園祭（ＫＶＡ祭）の実行委員長は、藤原さん、そして、クラブ委員会会長の松浦芳子、三人とも、この〝花のつどい〟の仲間でした。

学園紛争で荒れていた大学が多いなか、そうはさせまいと仲間たちで立候補し、この三人が学園の中枢をにぎりました。

KVA祭の実行委員長である藤原さんのお母様の突然の死で、急遽、役を降りなければならなかった彼女のためにも、学園祭は成功させたいと思っていましたが、さいわいに学園祭は、期待通りに盛り上がり、成功裏に終わりました。

フィナーレは、坂本九ちゃんの歌う、レッツキッスの音楽に乗ってのジェンカでした。汗だくになって前の人の肩を押さえて列になって踊る。

小さな校庭は、列の渦巻きになり、いつもは静かな学生も、はじけんばかりの笑顔で踊っていました。実行委員が、終了のアナウンスをしてもジェンカは終わらない。とうとうジェンカを踊ったまま校門を出て、市ヶ谷駅に向かう。

芳子19歳、短大の友人と

その波の中に、森田必勝もいました。もちろん憧れの人もその中にいた。

秋の学園祭が終わり、少し寒くなると〝パー券〟なるものが売られます。なかには、いかがわしいパーティーもあったようですが、大半は大学生主催の健康なダンスパーティーでした。親に見つかったら叱られそうですが、それでも一度は行って見たい。

そこで親しい男子学生を、ボディガードがわりに誘って行くことにしました。もちろん、必勝も仲間である。

必勝は、どんな格好で来るのだろうか、ひそかに楽しみにしていました。

赤坂プリンスホテルでの、ダンスパーティーに私は何を着て行ったか、ちっとも覚えてないのですが、必勝の着ていたもの、正装して照れていた仕草は、いまも鮮明に覚えています。

プリンスホテルのパーティー会場前で、私達が数人で待っていると、少し薄暗くなっている庭から、必勝に似た人が一歩一歩ゆっくりと歩いてきます。

「必勝かな?」

「ちがうんじゃない」

「だって、こっちみて笑っているわよ」

「まともに洋服きているよ！」

皆で、いいたい放題を言いながら待っていました。

近くに来て、ようやく必勝であることがわかった。本人も恥かしかったのか、ゆっくり歩いてきます。

「おまえ、なんだよ。きめちゃって！」

「どこで借りてきたの？」

「ボタン四つ付いてるじゃないの」

頭をかきかき、照れている森田さんに、追いうちをかけるように言う。

いつもブレザー姿なのに、今日は，黒のダブルのスーツである。それも少し肩が広くて、上着の丈も長い。どう見ても、貰ったか、借りたのか、それとも大きくなることを期待して少し大きめを買ったのか。

〝きめてみました〟

という、風情がおかしくて、大笑い。

ちょっとからかいすぎたかもしれない。

そんなにきめて来たのに、

「踊ってこいよ！」

と皆にいわれても、ボタンをはめたり、取ったりしながら落ち着かず、踊る気配も無い。それでも
「もうおわっちゃうから、最後ぐらい踊ったら?」

の言葉に、むりやり引っ張られて隅のほうで踊っていた。

終わると、頭をかきかき、またまた照れながら私達のほうに歩いてくる。

その仕草が、なんともかわいい。

あの必勝が、自衛隊で先生と一緒に切腹したなど、とても信じられない。

あれから三十年！（平成十二年当時）

二年ほど前の事、森田さんに、良く似た人に出会った。

友人と、自衛隊の夜間演習を見学する事になり、車で、滝が原の演習場に向かう時のことでした。

滝が原は、まだ楯の会ができて間も無い頃、三島先生と学生が体験入隊をしていた場所である。当時、私は車の免許を取ったばかりで、叔母から安く譲ってもらった鮮

やかなグリーンのブルーバードに乗っていました。

「一緒に滝が原へ面会にいかない？　……」

と、Hさんを誘ったが、

「芳子さん、免許とったばかりでしょ、……こわいなあ」

と言いながらも、彼は、「先輩の彼女」のボディーガードとしてついてきてくれました。

途中で道を間違えて農道に入ってしまい、左に曲がる時、田んぼに落ちそうになったことがあったが、

「あの時は、もうだめかと思った。」

と、今でもHさんに言われることがあります。まあ、落ちても下は田んぼだったし、ケガはしなかったでしょうが……。

そんな昔のことを、懐かしみながら走っているうちに、演習場に行く道を迷ってしまいました。あっちかな、こっちかな、いちおう地図は見ているのだが、ちっとも目的地には、たどり着かない。

困ったなあ……、

するとすぐ目の前に現れた一台の自衛隊のジープが、まるで私達の車を先導するかのように走り始めました。単純な頭の私達は、自衛隊のジープだから当然同じ所に行くのだろうと、その車の後に着いて行きました。

しばらく走りながら友人に、

「むかし森田必勝という人が居てね……必勝はね……」

などと必勝のことを話していたが、どうも方向が違うみたい。

「前のジープ、違う所に行くのかもね。どうしよう……」

困っていると、赤信号になった。

さいわい後続の車はなかったので
「ジープの人にきいてくるわ」

私は地図を持って車外に出て、運転している自衛官に道を訊ねた。

どうも反対方向のようで、その自衛官は、わざわざ外に出て丁寧に教えてくださった。

「自衛隊の車だったので、ついてきちゃいました。同じ所へ、行くのかと思ったものですから……」

すると、その男性は、少しほほえんで
「そうでしたか。お気をつけて！　もうすぐですから。」

カーキ色の戦闘服で、日に焼けた、目のやさしい、誠実そうな童顔な人は、まるで森田さんが大人になった様な感じの人だ。

一瞬、ドキッ！

「森田さんの話をしていたら、森田さんに似た丸顔の人だったわよ」

「ひょっとしたら、私達があまりに迷って困っていたので、痺れを切らして、あの世から誘導しに来たのかもね」

などなど話しながら、やっとの思いで演習場にたどりつきましたが、

「霧のため視界が悪く演習できません。」

と、随分長い時間待たされてしまいました。

霧で演習できないなんて、日本の自衛隊って大丈夫？

必勝さん！　やっぱりダンス踊っている場合じゃないわ。


（平成十二年記す）

昭和 42 年北海道恵庭にて体験入隊（持丸・森田・阿部）

## 「必勝」の失恋

「必勝」は、普通の大学生だった。恋もするし、失恋もする普通の大学生でした。早稲田大学の国防部とやら、硬いサークルに入っていたが、まあるい顔に真っ白の歯、いつもニコニコ笑みをたたえていました。

**芳子**　森田さんって、早稲田で国防部だったのですか？

**博**　そうだよ、北海道の恵庭にある戦車部隊とか、習志野の空挺団で体験入隊をしていたんだよ。この写真は、恵庭に行った時の写真だ。

体験入隊は、楯の会に入ってからが初めてと思っていたが、違っていたらしい。「必勝」が、国防部というのにも驚いたが、以前から、体験入隊をしていたことにも驚きました。

そんな硬派の彼も、いっちょう前に恋をしたことがありました。

彼は、私の高校時代からの友人の、〝T子〟に憧れを抱いていました。

恥ずかしがりやの必勝は、何かとT子を誘うが、T子の煮え切らない態度に、あと一歩が踏み出せない。

悶々とした日々を送っていた必勝は、その日も、T子を誘おうと彼女の通う四谷のキャンパス付近に出向きます。

ところが、ある日の午後、必勝は決定的な光景を見てしまいました。

四谷から市ヶ谷を通って飯田橋まで、JR線に沿って土手があります。そこには櫻並木があり、春になるとても美しい。学生達のデートコースにもなっていました。

その土手を必勝が歩いていると……何と、憧れの〝T子〟が、見知らぬ男性と二人で歩いているではないか。しかも親しげに。手をつないで……。

信じられぬ光景を見てしまった必勝は、悄然としてその場にたちすくんでしまったといいます。

後日、それを知った友人達は、替え歌を作って必勝をからかった。ひどい友人達だ。

必勝が歩いてくると、皆で合唱する。

『森田、T子に、ほかされてー、とぼとぼー歩く、市ヶ谷の土手、ブルーブルーブルーブルーブルーシャトー……』

当時はやっていた、〝ブルーシャトー〟の替え歌である。

必勝は、口をとがらせて、ふくれていた。

そこが、必勝のかわいいところですが、今考えると、傷つけていたのかもしれない。

もちろん、私達女性群は、男の友情とやらにあきれていました。

**博**「あの替え歌は、実は俺が作ったんだよ。もっと続きがあってね。」

「こんなはずでは　なかったが　夢は　やぶれて……え……と」

かわいそうに森田さん。

## 「必勝」が祝ってくれた婚約祝い

三島事件のあと、森田必勝の住んでいた十二社の下宿の写真が、あちこちで発表されていました。

部屋の中は綺麗にかたづけられ、掛け軸までかかっていました。当時、その写真を見た私は、とても不思議な気持ち、複雑な気持ちにかられたことを思い出します。

持丸と婚約してすぐのこと。

「芳子さん、じいさん（持丸）と一緒に来てくださいよ」

との必勝の誘いに、初めて十二社の下宿にお邪魔しました。

男だけの部屋って、さぞかし……と思いながら　扉を開けると、いい匂い。

半畳ほどのたたきに靴を脱いで部屋に入ると、机の上にはいっぱいのご馳走が並んでいる。鍋料理もあるらしい。

女性は、わたし一人なので、つい手伝おうとすると
「芳子さんは、座ってて……」

と言われ、数人の男性達で、何やら一生懸命ごちそうを作ってくださり、婚約のお祝いをして下さいました。

**博**「あの時は、十二社の仲間が祝ってくれたんだけどね。田中健ちゃんとか、鶴見、野田、小川もいたね。確かもう一人いた。何かプレゼントを貰ったね。『森田君にしては随分〝がら〟でもないものを用意したね。』って笑った記憶があるよ」

そういえば、照れながら、隠してあった花束を頂いたっけ。花屋さんに入るのも恥ずかしかったでしょうに……。

赤やピンクのバラの花束は、障子の裏に隠されてありましたが、そのころは男が花屋さんで花を買う時代ではなかったので、いったいどんな気持ちで買ってくれたのだろうか、さぞや恥ずかしかっただろうにと、思わずふき出してしまったものでした。いかにも〝男が作りました〟という感じのもてなしが、かえって嬉しく、とっても暖かく胸にひびきました。

わいわいがやがや、さんざん飲んで語り合ったことなど、今でも昨日のことのように思い出されます。

## 本を持たない・パンツをはかない「必勝」

当時から「本を持たない森田」さんという話をよく会の方から聞いていましたが、必勝は本当に本を読まなかったのか。夫に聞いてみました。

**博**「いつの間にか、本を読まない森田という伝説？　みたいなものができてしまったようだが、それはちょっと違う。誰かの本の中で、森田が日学同の本部に寝泊まりするため引っ越しをしてきたとき、彼がわずかな書籍しかもっていなかったことにふれて、『早稲田広しといえども俺みたいに本を持ってないやつは他にいない』と言ったという話をうけて、本を読まない森田のイメージができあがたようだ。」

持丸の話では、必勝は確かにあまり本を読まなかったが、それでも憲法論や安全保障に関する書物は好きで読んでいたということでした。とくに当時は保守派の学生には人気のあった、高坂正堯や永井陽之助の政治論は好んで読んでいたと言います。

必勝は早稲田に入学して、初めは代々木上原あたりに下宿していたようですが、そのうち学生運動（日学同）に情熱を燃やすようになってからは、大学周辺に住んでいた持丸の下宿に転がり込んでいたということでした。やがて日学同の本部ができたことで、そちらに移ったようですが、持丸が必勝と一緒に生活して驚いたことは、本の数が少なかったこともさることながら、彼がパンツをはかなかったことだったようです。おそらくは洗濯が面倒だったのか、朝パジャマをぬぐや、裸のままズボンに足を通して、そのまま大学に行ったとのことでした、彼に聞けば、「別に裸を見せるわけじゃないし、このほうが簡単で、経済的」と答えたそうです。

何事にも面倒なことが嫌いで、合理的な必勝です。

洗濯は嫌いなくせに、必勝は歯磨きが大好きでした。自衛隊でも休憩時間があれば常に歯ブラシをくわえていたという話です。

ニコッと笑う時の真っ白い歯がとっても素敵だった必勝さん。それなりのお手入れは欠かさなかったようです。

# 六、自決

## 最後の誕生日

昭和四十五年一月十四日は、三島先生四十五歳、最後の誕生日でした。

この時、すでに死の計画は進められていたのでしょうか？

最後の誕生祝いは、村松剛邸でなさったそうですが、何故なのだろう？

三島先生は、村松さんの二人のご子息に、つねづね「男は、な……」と、男の生き様について何度も何度も語っていたとお聞きしましたが、本当は、ご自分の息子の威一郎君に残したかった言葉ではなかったのでしょうか？

村松さんの奥様とは、昭和四十四年以来、ごく親しくお付き合いをしておりましたので、村松邸での誕生会の様子を、元村松夫人に語っていただきました。（この記録は平成十二年収録したもので、三島先生の死後ちょうど三十年が過ぎていました）

**松浦**　ご無沙汰しております。今日は、三島先生の事をお聞きしたくてまいりました。

**杉野**（雅号）　また、転んで怪我をしてしまって、今は、外に出ていないのですよ。

**松浦**　あれから三十年たって、いろいろな人が、あちこちで三島先生の事を、書いていますが、先生がだんだん違ったイメージで書かれてしまっていますよね。親しかった方がだんだん亡くなってしまったら、余計に、作られた三島像が出来あがってしまうのでしょうね。

**杉野**　歴史とは、そういうものなのでしょうね。本当の事は案外伝わらないものなのですよ。

**松浦**　本当にそう思います。私達の知っている三島先生も、もちろん、一面でしかないでしょうが、少しでも、知っている事を残さねば……と思っているところです。最後の誕生日の兜のケーキの様子は、時々お聞きしておりましたが、他のだれも知らないでしょうから、ぜひお話しください。

**杉野**　最後の誕生日ですか……昭和四十五年一月十四日でしたよね。あれから三十年経ったのですねえ。

ある会で、突然三島さんから、「僕の誕生日のお祝い、村松さんちでしてくれない？」って言われたんです。

**松浦**　でも、お誕生日って、ふつうご家族でお祝いするじゃないですか。ひとのうちでお誕生会何ておかしいですね。

**杉野**　「家族だったら、毎年やっているでしょ、たまには、違った顔でやってみたい。」とおっしゃったのですよ。

**松浦**　そうですか。

**杉野**　するのは良いけれど、瑶子夫人に許可を得ておいてくださいね、って言って、それでは、その日、どなたをお呼びしましょうか、とお聞きしますと、「大勢よばないで」と言われたのです。

それで、「自分の担当の、新潮の新田さんと、阿川弘之さんと、」と言われて……

それで三島さんと、新田さんと、阿川さんと、村松との四人だけで、麹町の村松のマンションでお祝いをしたのです。村松は、そのあとすぐにトロントに交換の教授で、日本の文学の話をしに行くことになっていたのですが、「村松さんが行く前に、やってくださいよ。」って言われたわけです。

**松浦**　トロントって、長く行かれたのですか？

杉野　半年ですよ。

松浦　長いですね。一人ですか？

杉野　そうですよ。日本文学の集中講義ですからね。

それからね。いったいどんなお祝いの仕方をすればいいのか考えてしまいました。三島さんは、「何でもいい」とおっしゃるのね。でも、困りました。うちが、麹町に越してきたばかりでしたから、「お祝い持っていくよとおっしゃって、当日は、オルゴールのついた螺鈿の、小さなサイドテーブルを、肩に担いでいらしたんですよ。

松浦　螺鈿って、黒のですか？

杉野　黒ではなくて、茶です。ヨーロッパ調の三十センチ四十センチぐらいのテーブルを肩に乗せて、楯の会の制服を着てたんです。

松浦　えー！　制服でいらしたのですか？　本当ですか？　へー　制服で歩いていらっしゃたのですか？

杉野　車でいらっしゃいましたよ。制服を見てね、「似合わないわそれ！　だいたい豚のしっぽみたいな短剣がおかしいわ。どうしてそんな短い短剣しているのですか？」とお聞きしましたらね、「これ以上長いと警察が、うん、と言わないんだよ」とおしゃって……。

**松浦** そうでしたよね。あの短剣は、おもちゃのようでしたよね。先生に、兵隊ごっこ面白いですかとお聞きした事がありましたが、相変わらずわっはっはでした。我が家では、子供達が、あの短剣で遊んでいましたよ。

**杉野** お誕生日といってもバースデーケーキというのもふさわしくないし、何をしたらよいか悩みましてね、アマンドの滝沢さんに電話で、どうしたらいいか聞いたんです。そうしたらね、「僕に任せてください」っておっしゃって……三島さんは、滝沢さんと仲がよかったんですよ。

**松浦** 先生は、アマンドがお好きでしたよね。いつも使ってましたものね。

**杉野** 当日になったらね。そうですねえ、五十センチ四方の兜、チョコレートで出来た兜がきたんです。紐の先までチョコレートで、房もチョコレートでしたよ。それをごらんになった三島さんはねえ、「うわあ！　こりゃあいいやあ！　こりゃあ春から縁起がいいやあ！」と芝居のせりふのようにおっしゃってね。とても喜ばれてねえ。

**松浦**　「スパッといれましょうよ。」と、ナイフを入れたのですよ。私は、あの時の大笑いといいましょうか、嬉しそうな顔は忘れられませんね。

**杉野**　本当に、嬉しかったでしょうね。先生の無邪気な笑い顔と、ワッハッハの声が、聞こえてくるようですね

**松浦**　後になってね、事件があって、あの〝縁起がいい〟の意味がわかったような気がしましたね。あの時に、もう十一月二十五日の、予定が立っていたのかもしれませんね。あの誕生日の日には、わかりませんでしたけれどね。

**杉野**　そうですよね。それから十ヶ月ですものねえ。

**松浦**　あとでね、村松や阿川さんや皆で、いったいどこで自決する事を考えたんだろう、思い付きではない、何処にあったんだろうと言う事が随分とりざたされたんです。文士達が集まってね。相当前から覚悟ができていたのではないかと話していたのです。

相当前と言いましても、昭和四十四年年八月に、先生のお宅で持丸と一緒に婚約のお祝いの櫻茶をいただき、夫婦で、楯の会の専属に……と言われた時は、死ぬ事は、考えてはいらっしゃらなかったはずですよね。

**杉野** 相当前からとはね。『豊饒の海』のひとつの『天人五衰』の、最後の章が、出来あがったと聞いたのが、誕生日の前の年の暮れなんですけれども……「やっと最後の言葉が出来て自分でも痛快だ。とても気持ちがいい」と、三島さんが、漏らしたことがあったのですよ。文壇の関係者が集まった時、その、最後の章が出来た時に、覚悟が出来たのではないか、と言う話しになったのです。それまでは、どうしても決心がつかなかったのではないか、という話がでたのです。『天人五衰』というのはね。もうこれ以上はやっても駄目なんだ、ということです。だって、今の日本の状態を見通していたのですもの。

**松浦** えっ！　見通していたのですか？　そんなあ……見通していて自分だけ死ぬのは、ずるくありませんか？

**杉野** だから楯の会を作ったのでしょう。

**松浦** そ、そうですよね。

**杉野** 楯の会にもう少し期待したんでしょう。自衛隊にも期待したんでしょうね。でも、自衛隊は、動かなかったじゃないですか。

**松浦**　そ、そうでしたね。

**杉野**　そこが、三島さんの思い違いだったのね。きっと！　日本の将来を考えている自衛隊だったら、そうだ！　と賛同する人が、何百人のうち何人かでると、思ったんでしょうね。誰もでなかったじゃないですか！　三島さんは、文学者だから、自分の書いたものに責任というものがあるでしょ。夢も有るけれど、責任ってものがあるでしょう。だから、死ぬしかなかったのね、きっと。生き残って、なんとかしなくては、と思っている人も沢山いるでしょう。石原慎太郎さんも、そうだと思いますけれどね。

**松浦**　石原慎太郎さんは、三島先生と、親しかったですものね。慎太郎さんは、東京都知事になって、頑張っていらっしゃるのに、今、三島先生が、ペンで、戦ったら、二倍の力になったでしょうねえ。ペンの力って大きいですものね。三島先生は、事を起こすのが早すぎたのでしょうか。

**杉野**　今だったら自衛隊は、動いたと思う？

**松浦**　いえ、駄目でしょうね、きっと……

楯の会の百人が、きちんと訓練されていて、リーダーが育てば、状況は変わっていたかもしれませんよ。

杉野　リーダーを作ろうと計画していたのを、ことわったのは、持丸さんですよ。三島さんは、持丸さんに、期待していたと思うのよ。ということは、持丸さんが、三島さんを殺したということも、なきにしもあらず、と言うことですよ。

松浦　………

杉野　三島さんの、楯の会に、皆ついていけなかったんですよ。本気で命を賭けていたのは、三島さん一人だったって事ですよ。武士道を、貫こうとしたのね。

松浦　あの頃、皆若かったですから、命は、賭けていたはずですが……

杉野　賭けかたに、違いがあったと思います。大きな違いが。

松浦　結局、三島先生の真剣さが、わかっていなかったという事でしょうか？

杉野　純粋さがね……判っていなかったのね。三島さんは、ご自分のお子さんを、とても可愛がっていらしてね。お誕生日の日に、『子供って可愛いものですね』って言われたんですよ。

**松浦**　これは、威一郎君に残したかった言葉だと思うの。最後の誕生日は、お子さんの顔を見るのが辛かったんじゃないかしら……。

**杉野**　あの時は、確か、威一郎君は、年長さんぐらいで、紀子ちゃんが、四年生ぐらいでしたね。

**松浦**　そう、そのぐらいでしたよ。その時の、三島さんの様子を伝えてあげたかったけれど、チャンスが無かったんです。本当に、子供の事を語る時の、あの笑顔は、忘れられないわね。

うちの子供達にね。「男の子はなあ、柔らかい所は、一ヵ所だけでいいんだぞ！　あとは全部鍛えなければ駄目だ」って言って、鍛え方を教えながら、ボクシングのかっこで、「かかってこい！」って遊んでくださったの。

**杉野**　柔らかいところって何処ですか？

**松浦**　男の子の柔らかい所、一ッ個所あるでしょ。

**杉野**　ああ、はあ、わかりました。そういう事ですか……

**松浦**　普段は、柔らかくていいんだっていうの。そういう言い方をしてね。

三島さんは、言いたいことを、ちゃんと言い残しているのよ。

松浦　そうなんですよね。先生は、いつも、おっしゃることにすきが無いですし、無駄がないんですよね。

杉野　そう、無駄が無いんですよ。三島さんの書いているものはね、言葉もきれいですが、無駄な言葉が一つも無い。

松浦　馬鹿な話をしているようでいて、無駄が無いんですよね。

杉野　みんな、冗談だと思って、認めないのね。

松浦　冗談の中に真理があったりするのに、ですよね。

杉野　冗談めかしていうのよ。

松浦　照れ屋ですものね。照れを隠すために、威張っているけれど……

杉野　そうそう、そうですよ。情にもろくてね、照れ屋だと思いますよ。

三島さんとは、文士仲間のお付き合いですから、家族でお付き合いがあったわけではないので、子供達と遊んでいる様子を見て、三島さんってこういう人なのか……と思いましたよ。

瑶子さんには、お会いしましたが、さすが、三島さんが選んだだけあって、頭の良い人だなあという印象でした。が、お子さんには、お会いした事が無いんですよ。後でね。三島さんが亡くなってから、ああ、あの言葉は、ご自分のお子さんへの遺言だ……、と思ったんですよ。

**松浦**　本当は、自分の子供達に言っておきかったんでしょうね。威一郎君は、まだ小さかったですものね。

**杉野**　後になって思いつく事がいくつもあるのね。

武士道ってファナチックなところがあるでしょう。男の生き方として美しいと言ったほうが良いかもしれませんね。

**松浦**　先生は、無駄な事は、なさらない方ですが、あの死は、無駄ではなかったのですか？　先生の死によって世の中が、良くなったとは、とても思えないのですが？

**杉野**　三島さんは、文士なのよ。壮士ではないのよ。

壮士というと、ちょっとレベルが違いますが、吉田松陰が、アメリカの船に乗ろうと思って捕まったでしょ。その時、「かくすれば　かくなるものとしりながら　やむにやまれぬ　やまとだましい」と、言いましたね。これは、こうすれば、こういう結果にしかならない、という事がわかっていた。捕まって殺される、しかし、やむにやまれぬ。この心が、壮士の心です。三島さんは、壮士の心を持った文士なのよ。吉田松陰は、文士ではないですから……残したのは、自分の思想だけでしょう。三島さんは、そこに自分の美学を付け加えたのです。

**松浦** 吉田松陰からは、かなりの人が影響を受けていますよね。吉田松陰から学んだ人は、多いですよね。亡くなっても残したものがありますねえ。

**杉野** それは、壮士ですからね。

**松浦** 三島さんは、実に、美しい立派な日本語を使ってますよ。少しロココ調の日本語でしたがね。立派な日本語を、残していかれているじゃありませんか。

**松浦** 先生の小説は、目に見えない世界が、書かれてあって、あのころは、ちっともいいと思いませんでしたが、『春の雪』だけは、日本語の美しさに感動してしまいました。

私には、目に見えない世界が、その頃わかりませんでしたから、ちっとも良さがわからなかったのですが、今なら、わかるかもしれませんね。

三島先生は、最後の誕生日に、楯の会の制服を着て、螺鈿のサイドテーブルをかついでいらした。目に浮かぶようですね。

あれから三十年、私達が、生かされているということは、まだこの世に使命がある、と言う事ですから、少しでも何か役に立って行かねばなりませんよね。

杉野さんには、私達の会で、いつも「日本の誇り」について、語っていただいておりますが、これからもよろしくお願い致します。

今日はありがとうございました。


（平成十二年記す）

## 事件当日、そして葬儀（村松夫人の話）

毎年十一月二十五日が来るたびに、三島先生や森田必勝にゆかりのあるものにはいつもあの事件が、昨日のように思い起こされます。そして事件の意味することを、繰り返し、繰り返し考えさせられます。

昭和四十五年十一月二十五日は、関係者にとって、けっして忘れることの出来ない日となってしまいました。

葬儀委員長をされた川端康成さん、事務局長をされた村松剛さんは、ともにお亡くなりになりました。今頃はあちらの世界で、三島先生と三人で、なぜあの事件を起こしたのか、あれ以外に方法はなかったのか？　などと、生きている私たちには謎である事件の核心について、語りあっているかもしれません。

葬儀の事務局は、村松邸におかれました。村松剛夫人であった敬子さんと私は、かれこれ三十年以上のお付き合いがありました。

女性として、母として、いつも政治の事、歴史の事、教育の事、子育ての事などについて語り合ったり、教えていただいたりしています。

敬子夫人も、十一月二十五日は、衝撃の渦中にいらしたはずである。

ご自分からは、お話をされることはないでしょうが、どうしてもお聞きしておかねば……と思い、うかがいました。

**松浦**　杉野さん（敬子夫人の雅号）は、十一月二十五日、あの日は、どのような日でしたか？

**杉野**　その日は、村松の使いで、日本橋のデパートに行っていたのですよ。買い物をしていると、突然、呼出しの放送がかかったんです。「麹町の村松様、村松様、お家からお電話です」って。そこで、売り場の電話にでると、若いお手伝いさんが泣きじゃくっていて、言っている事がわからないのです。「三島さんが亡くなった」と言っているのだけは判った。「とにかく電話がどんどんかかってきて、どうしていいか判らないので、帰ってきて下さい。」と言われて、あわてて帰ってきたのです。すぐに、新聞社に電話して、間違い無いかどうか聞いたんです。そうしましたら、自衛隊にはいって、バルコニーで演説して、その後亡くなったと……。そして、状況は、どうなっているかよく判らないと言いますし、何がどうなっているのか判らなかったのです。とにかく、二台の電話が鳴りっぱなしで右の電話で聞いて、左の電話で答えるといった具合の混乱でしたよ。

自分でも何をしているのか判らなかったぐらいでした。三島文学のファンにとっては、恋人の突然の死にあったようなものでしょう。三島ファンが三島邸の前で、後追い自殺でもしては三島家がおこまりになるだろう。そこで、「我が家に三島さんの写真が飾ってあるのでいらっしゃい」と、いったのです。その時、私に出きる事は、それぐらいしかありませんでしたしね。

**松浦**　幸い村松は、トロントに行って不在でしたから、玄関を開放しておきました。麹町のマンションには、三島さんに逢いたい人が、ぞろぞろと、大勢いらしてね、大変だったのですよ。

**杉野**　どうして、三島邸に行かなかったのですか?

**松浦**　三島さんの家は、門扉を閉ざしてありましたから、誰も入れなかったのです。皆、行く所がなかったんです。

村松剛の家が解放してある事を知った人達が、二百人ぐらい来ましたよ。玄関が六帖ほどでしたが、靴でいっぱいでした。三十帖ぐらいの居間に、三島さんの写真を置いて、勝手に来て拝んでもいいようにしてあったのです。

文学青年や少女が沢山来ました。

その居間は、西を向いていて、全面ガラスで、冨士山が見える九階でした。そのガラスに頭を付けて、じっと動かない人もいました。ぼろぼろ涙をこぼして泣いている人もいましたし、皆、放心状態でした。

**松浦**　楯の会の人は、いらしたのですか？

**杉野**　いえ、一人もこなかったです。

川端さんが、嘆かれてねえ。川端さんが、嘆いたのも無理ないでしょうね。川端さんは、彼の文才にほれ込んでいましたからね。最後まで、ペンで戦ってほしかったでしょうね。

川端さんは、三島さんの、葬儀委員長をしてから、暫くたって自殺したのです。

三島さんの美学に、期待していましたからね。三島さんは、美学を、行動の美学にしてしまった。文学の美学でなく……川端さんにして見れば、天才的な愛弟子に、文学の美学を貫いて欲しかったのでしょう。

松浦　三島先生は、川端さんの弟子だったのですか？

杉野　といわれています。それだから、文学者三島由紀夫の葬儀をやろうって事で、築地の本願寺で、葬儀をしたの。

川端さんが、葬儀委員長で、事務局長が、村松剛で、わが家が、事務局になったんです。川端さんは、懐に携帯ラジオを入れていてね。もし騒動がおきたら、僕、裏から逃げますからね。とおっしゃるので、大丈夫です、裏に車を用意しておきますから…と申しあげたのです。

松浦　三島先生の遺体と対面しましたか？

杉野　しません。

瑶子さんも、対面してないですよね。瑶子さんは、一人で逢わせてくれないのなら、警官が立ち会うのなら逢わない！　と、逢わなかったんですよ。瑶子さんは、気丈な女性です。さすが、三島さんが選んだ女性です。

松浦　文学者、三島由紀夫の葬儀だったわけですが、楯の会の人は、どうしたのですか？

杉野　個人的には、入っていたかもしれませんが、あくまでも文学者の葬儀でした。

普通の葬儀です。文学の世界は、思想だけでは決められないものがありますからね。

**松浦**　あとで、文士が集まった時、皆が一番疑問に思った事は、あの時バルコニーで何故マイクを使わなかったか？　という事でした。

**杉野**　ああ、そういえば、バルコニーの先生の声は、聞こえてなかったですよね。マイクがあれば、下にいた自衛隊の皆さんに聞こえたのに、何故マイクを使わなかったということが、さんざん議論になったの。佐伯さんとか遠藤さんとか阿川さんなどで……。

そしてね、三島さんは、最後まで、文明の利器を使わない、という考え方をしたんではないかという事になったんです。マイクで講演するわけでないのですから……。

**松浦**　演説が聞こえていれば、状況が変わっていたのでしょうか？

何か、わめいている、としか映らなかったですが……。

**杉野**　三島さんは、地声が大きいですからね。そして、静かなら聞こえたはずですから……最後まで、大和魂を貫いたのね。

松浦　うーん、そうですか……私は、どうしてあの時に、聞こえないことを喋ったのかな、ちゃんと聞こえるように喋ればよかったのにと、思っていましたよ。

杉野　皆、そう思いましたよ。でもね、マイクを使わなかった事にもっと重点を置いていいんじゃないかって事になってね。文明の利器に頼らないで大和魂の話をしたかったのでしょうね。

松浦　うーん、そうかもしれない！　今にして思えば、その文明の利器が、人類を滅ぼそうとしていますからねえ。

杉野　大和魂は、天人のように美しいもの、それが衰弱してしまう。これが、『天人五衰』ですよ。三島さんは、母国というか、祖国と言うか、熱烈な思いがあったのですね。

あれから三十年、日本がここまでひどくなるとは思わなかったでしょうが、三島さんには、見えていたんですよ。現代人には、三島さんの思想は、判らないと思いますよ。『豊饒の海』は、彼の遺言ですよ。

松浦　そうですよね。もう一度、読んでみます。

杉野さんの胸の中では、いろいろな思いが交錯しているのでしょう。終わりに杉野さんは「最後にどうしても言いたい事があるの」と、目に涙をためながらおっしゃいました。

「三島さんは日本を非常に愛したの。彼は、古武士のような性格を持っていた。これほど純粋に愛国心を持っている人もいなかったと思う……」

三島先生の周囲には、沢山の女性がいらした。女優、女性作家、そして、文学少女もいた。

杉野さんは、文士としての三島由紀夫を知り、思想家としての三島由紀夫をも熟知していた、数少ない女性の一人でありました。

（平成十二年記す）

## 衝撃の昭和四十五年十一月二十五日

夫は、『論争ジャーナル』を辞めてから、帝国警備保障という警備会社の役員として仕事をしていました。

私には、生まれたばかりの女の子がおりましたが、その警備会社の寮で、子育てをしながら、電話の応対や若い社員達の夕食をつくる仕事をしていました。

その日は、横浜から大宮（現在さいたま市大宮区）の寮に引っ越したばかりでしたので、部屋中はダンボールの山になっていました。

テレビは、めったに見ないのですが、ダンボール箱の中身を片付けながら、ふとテレビのスイッチを入れてみると、そこに三島先生が映っているではありませんか。

〝三島由紀夫自衛隊に乱入〟

と、アナウンサーが叫ぶ！

えっ！　嘘でしょ！　何が起こったの！　何かの間違いでしょ！

三島先生が、あの楯の会の制服を着て何か叫んでいる！

しばらくすると、

〝三島由紀夫自決！〟とアナウンスされました。

腰がぬけるとは、こういう事なのでしょうか、一瞬でしたが、身体がかたくなって自分の意志で動かない。

これは大変だ。大変な事が起こってしまった。先生が亡くなった。どうしよう！

夫はどうしているだろう。知っているだろうか。頭の中でいろいろな思いが交錯する。

今のように携帯電話があるわけではないので、夫と連絡の取りようも無い。あわてて、黒い服装に着替え、まずはいつ誰がいらしてもいいように、ごった返していた室内を整えました。

どうしていいかわからない。気持ちだけがあせっていました。

夜遅くなってから夫は帰宅しました。

「先生が……」

「わかっている」

あちこちから電話がかかり、お客様もいらっしゃる。日ごろから親しくしていた防衛大学のKさんはじめ、数人の若い方たちが集まって来ました。皆、一様に、どうしたものかと不安げな様子でした。全社の夕刊を買ってきた。大体の様子はつかめたが、何をしたらいいかわからない。ごく近い人たちがテレビの画面に踊り、新聞の記事になっていることと、何もせずこうしている自分との落差が激しすぎる。

「外にでるな!」夫が皆に注意する。

我が家に訪れる人のチェックのためか、それとも夫たちが何か事を起こすことを警戒してか、家の周りに公安やマスコミの人影を感じる。

押し黙ったまま、静まりかえった真っ黒な夜があけました。

翌日、新聞もテレビも、〝三島事件〟の報道一色である。

三島先生と森田必勝の首が並んでいる写真が、トップに載っている新聞もあった。

いつもにこにこ顔の〝ふる古賀さん〟や〝ちび小賀さん〟達が、引きつった顔で、何度もテレビに映る。新聞社は、相当あわてたのだろう、載った顔写真と名前が違っている新聞もありました。

世界中のマスコミが報道した。多くは批判的な論調ばかりである。純粋な志を持っていた三島先生を身近に知っていただけに、何故？　こうなってしまったの？　と胸が痛い。

何とも複雑でやりきれない心境である。

ため息ばかりの一日がすぎていきました。

## 事件翌日に交わした「最後の会話」

私が、三島先生と最後にお目にかかったのは、昭和四十五年十一月二十六日の夜でした。

先生が割腹されたのが、その前日、十一月二十五日ですから不思議に思われるかもしれません。が、確かに私はこの日先生と最後の言葉を交わしました。

あれから三十一年経った今でもあの日の先生の表情、声、すべて鮮明に浮かんで来ます。

衝撃の二十五日が過ぎた翌日、私は疲れきって、ぐっすり眠っていたのでしょうか。

その夜は、夫は研修か夜勤で留守でした。

トントンとドアを叩く音に目を覚まし、扉を開けると、そこに三島先生が立っておられました。

突然の訪問で驚きましたが、いつもの先生ではない、ただならぬ気配が伝わって来ます。

「先生どうなさったのですか？」

先生の後ろに誰かの姿があるようだ……が、誰かはわからない。

「とにかくおあがり下さい」

食卓の近くにあるグリーンの丸い椅子をさし出し、ともかくも座っていただいた。先生の後ろにたしかに人影があるのだが、ぼおっとして判らない。あわててお茶の準備をしようとすると、

「すぐに遠くに出かけなければならないから、お茶はいいよ」

と言われました。

とてもお急ぎの様子で、どこかに行かれる途中立ち寄った感じである。

「持丸君は？」

と聞かれましたが、夫はいない。

「今夜は、夜勤で泊りです」

と答える私に、少しがっかりされた様子でした。

「そうか……残念だなあ……じゃ芳子さんから、持丸君に伝えて欲しい。後の事はたのむと……。とにかく後のことはたのむと、それだけは、伝えて欲しい。くれぐれ

もよろしく伝えて欲しい。」

「はい、わかりました。必ず伝えます」

先生は、何度も念をおされて、ほっとした様子で席を立って行かれようとする。

何故か、どうしても止めなきゃ！　不安になり
「先生！　これから何処にいかれるのですか？」

とお聞きすると、振り返り、静かに深くうなずいて行ってしまわれました。

夜が明けてから、私は、ただ茫然とするばかりでした。

先生がいらっしゃったのは　夢だったのだろうか？　夢にしてはあまりにもリアル過ぎる。

確かに夫は夜勤でしたし、夢の訳がない。先生は、あの世へ旅立つ途中に寄ってくださったのだ。

とすれば先生の後ろの人影は、森田必勝であったかもしれない。

先生は、旅立ちの前に、最後の言葉を下さったと、私は今でも信じている。


（平成十二年記す）

# 七、あれから四十年

# 獄中からの葉書

あれから四十年。

刑務所という別世界にいた古賀さんからの懐かしい葉書を再度読み返しましたが、こんな事もあったのだなあと不思議な気持ちになります。

事件後、いつも笑顔しか見たことのない彼らが刑務所という、別世界にいるなど考えられないことでしたが、下着の替えはあるのかしら、困っていないかしら、気になってなりませんでした。

面会は出来なくても差し入れは出来るかもしれないと思いたち、下着や当面必要と思われるものを持って刑務所に行った記憶があるのですが、差し入れた「くし」が、差し入れ禁止だったとは知りませんでした。おそるおそる行った刑務所という所の薄暗い建物の中で、茫然と「何故?」と疑問に思ったものです。

それから、桜の咲く季節となり、なつかしい葉書が届いたのです。

「毎日、腕立て伏せやかがみ跳躍、腹筋を鍛えたり狭い房をフルに活用して頑張っております……」と書かれ、房には窓があるのでしょうか、「自分の房のちょうど真下に桜の木があり、さわやかに今が盛りと咲き誇っておるのが観られます」と、房からの花見に感激のようすが、つづられておりました。

「あいかわらず〝単〟はなおりません」で結ばれた葉書もすっかり黄ばんでしまいました。

## 『戦中派の会々報』に載った三島由紀夫と松浦芳子の一文

昭和四十二年二月二十五日発行の『戦中派の会々報』第四の表紙裏には、「忘却と美化」というタイトルで三島由紀夫の短文がのっています。

これには「美化できない部分だけをしっかり覚えていることは、反生理的である」との長い副題がついていて、戦争体験を語る当時の風潮を「反動」として批判する人たちに対して、逆に厳しい批判をしております。

ところが、その会報の裏表紙には、「ああ同期の桜を観て」とのタイトルで、松浦芳子（東京家政学院短大一年）の文章が載っているではありませんか。

自分ではすっかり忘れていましたが、三島先生関係の資料を整理した折り、この会報が出て来ました。今読んでみると、あまりの稚拙な文章に自分自身恥ずかしくなってしまいましたが、驚いたことに、ものの考え方や見方の基本的なところは、今の私とまったく変化がないということでした。

その後の人生のなかで、田形竹尾氏（グラマン三十二機に対し、飛燕二機で応戦し生還する等のベテランパイロット。特攻隊要員の教官であり、敗戦の前日に、自らも特攻命令を受けたという壮絶な経験をされている）に出会って、航空特攻映画製作のお手伝いをさせて頂いたこと。また水島総氏（映画監督・CSTV日本文化チャンネル桜代表・頑張れ日本全国行動委員会幹事長として活躍中）の「南京の真実」の映画製作に関わることになったことなど、すべて自然の流れで、偶然のことではなかったのだと、今は確信を持つようになりました。

会報の裏表紙の文をそのまま、掲載してみます。

「ああ同期の桜を観て」

「〝必死必殺〟本当にこのような時代があったのでしょうか。おこるべくしておこったとはいえ、あまりにも無残です。しかし、ひとたび戦争となれば、愛する人々を守るため……国体護持のため……自分の生命を賭ける誠の日本男児なら、当然思うことでありましょう。そして多くの先輩方は、後に続く者に期待をかけ、日本の素晴らしい姿を描きつつ散っていかれたのです。戦後二十年、たしかに平和らしく装ってはおります。しかし、先輩方の望んだ平和とはこのような表面的な復興でありましたでしょうか。現代の多くの青年は、太平ムードに酔い、誤った個人尊重、自由を唱え、愛国心などはどこへやら……。

最近、愛国心の論争が、かしこで行われております。何故その様に特別に考えなければならないか不思議です。だれしも自分がかわいい様に、自国を愛するのは、当然の姿と思いますのに……。

劇中『ああ、美しい、のどかだなあ！　何て日本は美しいのだろう、この美しい日本を守るために自分は戦うのだ……』と、このようなセリフがありました。この心情が愛国心なのではないかしら？　いったいどこの国民に自分の国を他国の侵入に任せて傍観しているものがありましょう。自分の命にかけても守るに値する美しく尊いもの、その価値あるもののためになくなっていった若者の姿を、私は本当に美しく思いました。

戦争中は、たまたま戦う事に愛国心が向けられただけであって現在に於いては、学生であるなら学問に没頭する。又社会人であるなら、自分の立場を生かして努力する。これが国を思う心につながるのだと思います。

母なれば、国を愛する心あるが故に、素晴らしい日本人を育てようと思うことでしょう。愛国心のない人間などおりません。ただ、もっと真の愛国心にめざめたいものです。

二度とあの無残な戦争がおきないためにも……真の愛国者は、他国をも愛し、尊重する事のできる者であると思うからです。」

そして、以下がおもて表紙の三島由紀夫先生の文章です。

「このごろ世間でよく言はれることは、『あれほど苦しんだことを忘れて、軍国主義の過去を美化する風潮が危険である』という、判こで捺したやうな、したりげな非難である。

しかし、人間性に、忘却と、それに伴う過去の美化がなかったとしたら、人間はどうして生に耐へることができるであろう。忘却と美化とは、いはば、相矛盾する関係にある。完全に忘却したら、過去そのものがなくなり、記憶喪失症にかかることになるのだから、従って過去の美化もないわけであり、過去の美化がありうることは、忘却が完全でないことにもなる。

人間は大体、辛いことは忘れ、楽しいことは思い出すやうにできてゐる。この点からは、忘却と美化とは相互補償関係にある。美化できるやうな要素だけをおぼえてゐるわけで、美化できない部分だけをしっかりおぼえてゐることは反生理的である。人のよく耐へうるところではない。

私は、この非難に答へるのに、二つの答を用意してゐる。

一つは、忘れるどころか、『忘れねばこそ思ひ出さず候』で、人は、二十年間、自分なりの戦争体験の中にある栄光と美の要素を、人に言はずに守りつづけてきたのが、今やっと発言の機会を得たのに、邪魔をするな、といふ答えである。

この答えの裏には、いひしれぬ永い悲しみが秘し隠されてゐるが、この答への表は、むやみとラディカルである。従って、この答えを敢てせぬ人のためには、第二の答がある。

すなはち、現代の世相のすべての欠陥が、いやでも応でも、過去の諸価値の再認識を要求してゐるのであって、その欠陥が今や大きく露出してきたからこそ、過去の諸価値の再認識の必要も増大してきたのであって、それこそ未来への批評的建設なのである、と。」

当時、私は十九歳でしたが、この三島先生の文章は難しくてとても理解出来ませんでした。今、読み返してもやはり難しい。

## 持丸博は、何故「楯の会」を退会したのか？

三島邸で先生から提案のあった「二人で一緒に楯の会の事務局をやってはもらえないか」とのお話は、私には光栄なことに思われましたが、その後、持丸はこのお誘いを断っています。

あれ程、お世話になっておきながら……私に相談もなしに、と思いましたが、複雑な事情もあったのでしょう。

「男として、家庭まで一個人に面倒を見て貰うわけにはいかない」というのが表向きの理由でした。

済んだ事を言っても仕方がありませんが、もし、あの時、事務局を引き受けていたら、先生の自決はまた違った形になっていたでしょうし、別な「楯の会」の在り方があったかもしれません。

結婚すれば、当然、子供も生まれます。そうなるとやはり、家庭と楯の会は、似合わないのかもしれません。

平成十九年十一月に「誇りある日本をつくる会・小平支部」の主催で、〝三島由紀夫はこの時代に何を残そうとしたのか！〟との演題で、持丸が講演をしたことがありました。司会は私がつとめました。

これまで未発表の体験入隊時の写真や、三島先生の写真をスライドで映し出しながら、当時の貴重な体験を話しましたが、最後に参加者の中から、鋭い質問が飛び出しました。

それは、持丸が「何ゆえ楯の会を退会したか」その訳を問う質問でした。これまでこの種の質問について、彼はいつも曖昧に答えていましたので、私は一瞬ドキリとしながら、いったいなんと答えるだろうか、と緊張しながら聞いておりました……。

この時、彼の答えは以下のような内容でした。これを分かりやすくするために、「聞き語り」風にまとめてみました。

**持丸談**【私が退会した理由・背景を一言で話すのはむずかしい。大きくまとめれば、三つほど考えられます。その一つは、私が楯の会の活動と生活を別な次元で考えていたこと。二つには、私が、三島とある人との人間関係のはざまで思い悩んだあげくの決断であったこと。三つ目の背景は、三島と私の間に、思想上のある重要な一点で、相克があったこと。さらに当時の政治状況の変化に対応する、楯の会の基本姿勢について、二人の間に相違点があったこと、などです。

まとめて言ってしまえばこのようなことですが、これだけでは不充分で分かりにくいでしょう。以下、順を追って補足します。

その一つ目の理由について。

昭和四十四年の夏、三島先生から、楯の会の専従となって会活動に専念してほしい、生活費については三島が責任を持つ、という提案がありました。

先生の気持ちは有難かったが、三島個人に生活を含めた全てを依存することに、私は心理的に抵抗がありました。

三島由紀夫と私との関係は〝同志的な結合〟であって、少なくとも〝志〟の一点においては、上下の隔たりはありません。

〝なりわい〟の基を先生に委ねることは、知らずしらず上下関係がつくられてしまう、というのが私の基本的な認識でした。

俗な言葉でいえば、三島による〝丸抱え〟を私は拒否したのです。

二つ目の理由と背景。

前述した三島の提案は、当時私が所属していた論争ジャーナルをやめる、という意味でした。通常の考え方であれば、身分（職業）は論争ジャーナルに属していても、思想活動は三島と共に楯の会で、ということが自然の姿なのでしょうが、これを三島は許しませんでした。

その理由は、三島と論争ジャーナル、いや、三島と中辻和彦個人（論争ジャーナルの社長兼編集長）の間に大きな確執が生じていたからでした。

（註・三島と中辻との確執については別項「消えた血判書」に詳しく書かれている）

したがって、三島が私に提案した「楯の会の専従」ということは、実質的には

「楯の会か論争ジャーナルか」の二者択一を迫るものでした。

普通に考えるなら、私は論争ジャーナルを退職し、三島の推薦する別な会社に就職して、楯の会の活動を続けるという選択肢があったかもしれません。（実際にそのような斡旋もありました）

だが、私にとって論争ジャーナルとは、単にサラリーをもらうだけの出版社ではなかったのでした。

編集長の中辻と私は、実は、ある〝学統〟の同門で、以前から深い結びつきがありました。それは、元東京帝国大学の歴史学の教授だった平泉澄博士を頂点とする、世に「平泉学派」と呼ばれている学統でした。中辻とは、その同学の門下生同志であったのです。

平泉学派の結束の強さは、斯界では夙に有名で、その仲間は全国各地・各界に在って、互いに切磋協力し合い、同門と言うだけでお互い無条件で心を許し、信頼し合う関係でした。

私が学生の立場から、日本再建の運動を起こし始めた時期、中辻は、言論の側から、左翼一辺倒のマスコミ界に殴り込みをかけたわけでした。後輩の私は、中辻によって励まされ、助けられ、さまざまな面で後ろ盾になってもらっておりました。

その後中辻の紹介で、私は三島由紀夫と知り合い、いつしか論争ジャーナルは、保守系学生の一大サロンとなりました。やがてこれが楯の会へと発展していったのです。

こうした背景から、私にとって中辻は、三島以上に身近な存在であり、また古い関係であったわけです。

二つの人間関係のはざまで私は思い悩みました。二者択一という条件がどんなに厳しいものか。さんざん悩んだ挙句、私はどちらも〝不択〟の決断をしました。

さて三つ目の理由、というより背景ですが、

この決断をする過程で、三島由紀夫と私の間にあった思想上の相違点、特に国体観念についての考え方の違いが、退会の判断に影響を与えたことは否定できません。

ここで詳しく述べる余裕はありませんが、平泉澄と三島由紀夫の間には国体観

において、大きな相違点がありました。なおかつ、三島は、世間から皇国史観の権化と目されていた平泉澄に対し、抜きがたい偏見を持っていました。

余談ですが、私は、三島と一緒に体験入隊をした折、隊舎の一室（三島は個室をあたえられていた）で会の運営のことやら、会員一人ひとりの評価などについて打ち合わせをするのが日課でした。その中で、たびたび天皇論について論争をしました。

天皇論に関しては、主に二・二六事件をめぐる評価、とりわけこの事件に対する昭和天皇の対処をめぐって、議論が分かれました。二・二六事件をどのように位置づけるかは、国体観念を考える上で、象徴的な論点です。

事件が起こるや、迷うことなく、断固としてこれが鎮圧を命じた昭和天皇の御決断を、三島は〝非〟とし、平泉の学統に繋がる私は、国体の根本に照らし、当然これを〝是〟としました。

ことに三島は、当時平泉博士が取った行動（秩父宮を通して、事態を収拾すべき旨の上奏）を激しく非難したものです。

三島と私とのこの論争は、その後何度となく続きましたが、お互い譲らないままでした。また三島の平泉に対する偏見についても、幾度か説得を試みたもの、ついに変わることはありませんでした。

さて、昭和四十四年以降、学生運動の退潮によって、日本の政治状況は大きく変化しました。これにともなって、楯の会の在り方と存在価値についても、少なからず見直しが必要となってきましました。

ここにおいて、三島先生の考え方は先鋭化し、状況対応型から、一点突破主義、もしくは自爆型にますます傾斜していきました。

元来、楯の会の設立の目的は、革命に対する反革命であり、あくまでもリアクションとしての行動を予定していたものでした。

以上述べたことが、私が楯の会を退会した原因、というよりは、背景であり、理由です。

人は誰でも一生の中で、岐路となる節目の時が、何度かはあるはずですが、私にとっては、この時の決断がもっとも大きな、そして重要な選択であったと思われます。

今振り返ってみて、この決断が誤っていたとは思いません。しかしながら、この決断が他の人の生死にまで関わったことを考えると、ことさらに胸が痛んでならなりません。その意味で三島事件は、私にとって一生背負い続けなければならない重い十字架となったのです。】

これまで、持丸に対し、何故、当時の事や先生との事を本にしないのかと迫った事がありますが、「書けない事がたくさんあり過ぎて難しいんだよ」と言っていましたが、そろそろ言える状況になったのかもしれません。

亡くなった三島先生と森田必勝は、語る事は出来ませんが、事件の当事者である三人も何も語ってはいません。確かに当事者ほど語れないのでしょう。

# 八、松浦博（旧姓持丸）——松浦芳子　対談

## 昭和四十年代とはどんな時代

**芳子**　三島先生が自決されてから、もう四十年（平成二十二年当時）、あっと言う間という感じです。四十年前といっても今の方には、日本がどのような状態だったのかわからないと思います。

今、道路は、美しく舗装されていますが、当時は平板といって三十センチ四方ほどのコンクリート製の石が敷かれていて、デモをする学生は、その石を割って投石していました。それでは危ないというので、その後はアスファルトの舗装になっていましたね。

色鮮やかな美しいタイルを貼っている商店街の舗装を見ると、つい「昔は学生が石畳を割って投石していたのよ」と娘たちに言いますと、「何度も聞いた」なんて言われてしまいます。ところで昭和四十五年当時の状況を教えて下さいませんか？

**博**　昭和四十（一九六五）年代の初めから、各大学で学園紛争の嵐が吹き荒れました。慶応から早稲田、明治、中央大学へ広がり、やがて東大初め国立大学にも広がって、全国各地へ飛び火しました。初めは学費値上げ反対などが目的でしたが、自治会の指導の下でだんだん政治闘争の色彩が強くなり、四十五（一九七〇）年の安保の期限に向けて、エスカレートして行った。

**芳子**　安保闘争と言ってもきっとイメージが湧かないと思いますが、具体的に学生は何をしていたのですか？

**博**　昭和四十二年には、佐藤首相の南ベトナム訪問に反対する第一次羽田闘争や訪米阻止を掲げた第二次羽田闘争などがあって、学生デモ隊は機動隊と激しく衝突しました。

また翌四十三年一月には、米の原子力空母エンタープライズの佐世保入港阻止闘争や十月二十一の国際反戦闘争で新宿駅周辺では機動隊とデモ隊との間で、市街戦さながらの闘争が繰り広げられました。

**芳子**　左翼学生が、東大の安田講堂にたてこもって放水された様子は、テレビでもやっていましたが、そのころ民族派学生は、どうしていたのですか？

**博**　これに反対する動きは、当時は微々たるもので、日本学生同盟や生長の家学生連盟など少数ながら気を吐いていましたが、勢力の差は圧倒的に劣っていました。
そこで、私たちはやがて来るかもしれない四十五年の危機に備えるため、三島由紀夫と共に創ったのが「楯の会」でした。

## 今、なぜ三島由紀夫を語る

**芳子** このたび、『証言　三島由紀夫・福田恆存たった一度の対決』(文藝春秋)を出版しましたが、四十年間、あれほど沈黙を守ってきたのになぜ今になって本を出す気になったのですか?

**博** 詳しくは本文の中で、私の手記が引用されていますが、簡単に言えば三つの理由です。一つは、私が楯の会の学生長を辞めた後、後任の森田必勝が三島と共に逝ったことによる自責の念。二つ目は楯の会の関係者がまだ現役世代であるために、内容を公にすることを差し控えたこと。そして三つ目は、事件の本質について、自分自身で整理ができていなかったことなどでした。

**芳子** 私は、何度も何度も本にして当時の様子をきちんと残しておかないのですかと

**博**　申し上げてきましたが、やっと時期がきたということでしょうか？　そうですね。こちらもだんだん齢をかさねてきて、そろそろ残しておかなければ、この後自分自身がどうなるか分からない……（笑い）

**芳子**　その本は、どのような内容ですか？

**博**　三島先生、福田先生という戦後保守派の巨匠二人が生きていたら、今の日本をどう考えるかということを、それぞれの弟子が代弁して対談したかたちの本ですよ。

**芳子**　読みましたが、福田恆存の弟子、佐藤松男さんと三島由紀夫の弟子が語り合っていますが、ちょっと内容が難しいですね。でも、読んだ方は、福田恆存さんの本も、もう一回読みたくなってくると言われておりましたよ。

**博**　福田さんは、第一次安保（一九六〇年）以前から、それこそたった一人で左翼一辺倒の文壇と戦って来ました。その意味で保守派の言論人としては三島の大先輩というべき人でした。情勢論、また本質論でも三島とは微妙に異なる部分がありますが、それもまた面白いと思います。

**芳子**　三島先生は、福田さんと、『論争ジャーナル』で対談していますよね。

博　昭和四十二年十一月号で「文武両道と死の哲学」という対談をしていますね。四十三年前の対談ですが、時代状況が今と少しも変りないのです。したがってお二人の分析が現代の日本を考える上で、多くの示唆を与えてくれる、そう思ってそのままの形で再録を希望しましたが、著作権の関係で実現できず、やむを得ず要約の形で紹介することになりました。（※「文武両道と死の哲学」は、『若きサムライのために』（文春文庫）、『源泉の感情』（河出文庫）に所収）。

芳子　『論争ジャーナル』について話していただけませんか？　編集部に行き始めたきっかけは何だったのですか？

博　『論争ジャーナル』とは昭和四十二年一月に創刊された月刊誌です。中辻和彦という二〇代の若者を中心に、数人の仲間が苦労して資本をねん出し、左翼一辺倒の論壇に殴り込みをかけた、ということで当時は非常に新鮮な印象でした。

松浦 博（持丸 博）　―　松浦 芳子

## 平泉澄と論争ジャーナル

**博**　『論争ジャーナル』を始めた中辻和彦は大阪の堺市の出身で、お父さんが平泉博士の高弟でした。私も平泉先生につながる方のもとで、水戸市で高校時代を送りました。その後お互い上京し、平泉先生の主宰する東京の青々第一塾に出入りするうちに、中辻から「雑誌を出す」話を聞かされたのです。それが『論争ジャーナル』だった。

ちょうどそのころ各大学を横断する、日本学生同盟（以下、日学同）という組織が創られていて、私は日学同の機関誌・日本学生新聞の編集長を務めていました。

芳子　私は『論争ジャーナル』との付き合いがとくに密だったものですから、だんだん日学同より『論争ジャーナル』に重点を置くようになりました。

博　そういうなかで、私も『論争ジャーナル』に出入りするようになったんです。『論争ジャーナル』の編集部は、銀座にあったんですよね。

芳子　準備期間と草創期は雑司ケ谷でしたが、昭和四十二年に銀座に移りました。この頃から、私は編集に本格的に参画するようになりました。

博　品川に住んでいらした平泉澄先生の御宅にお伺いしたが事がありましたね。奥様が柿を剝いて下さって、それがとっても大きい切り方で私は驚いてしまいましたが、奥様が「ごめんなさいね。男の子しか育てた事がないので、つい大きく切ってしまうのですよ」とおっしゃられた記憶があるのです。私にとっては、初対面の先生でしたが、とってもやさしいユーモア溢れる何とも言えない平泉先生という記憶でした。でも貴方は、私の言動に冷や冷やとして汗かいて緊張してましたよね。

博　平泉先生は礼儀正しい先生でしたので、礼を失してはいけないと思い……

**芳子**　平泉先生が、立派な先生である事はお会いして感じましたが、水戸一高時代は、平泉先生より学んだのですよね。

**博**　世間ではよく、平泉学派と言われていましたが……。平泉澄博士の高弟が東京、水戸、伊勢、大阪、四つの地区で塾を主宰していて、私は水戸の塾生だった。塾の名は「青々塾」。南宋の詩人、政治家の謝枋得の詩「雪中の松柏愈青々」の「青々」から、青々塾と命名されました。東京が青々第一塾、水戸が青々第十一でした。

**芳子**　平泉学派の中辻さんの創られた『論争ジャーナル』でしたが、創刊号の表紙はどなただったんですか？

**博**　創刊号は、小浜利得さんでした。小浜さんはもうかなりの高齢でしたけれどね……。『論争ジャーナル』は初め平泉学派系の人脈で出発しましたから、著名な関係者は平泉先生をはじめみなさん、お年寄りだったんです。それで創刊号の表紙は小浜さんにお願いすることになったわけです。

**芳子**　そういえば、そのころ、アフタヌーンショーという番組で「女子大生亡国論」というテーマで小浜さんと一緒に、私もテレビに出演した事がありました。小

**博**　浜さんはＴＢＳテレビの『時事放談』を細川隆元さんとやっていましたね。面白かったですよね。保守派の論客としては、三島先生や村松剛、石原慎太郎らの一時代前のことで、細川隆元、小浜利得、御手洗辰雄は保守派のエースだったですね。それで、小浜さんに頼んだ。ところが正直、それほど訴える力がなかった。これでは売れそうもないと、フレッシュな人が誰かいないだろうかと考えていた時に、たまたま三島先生と知り合いになったわけです。

**芳子**　良かったですね。

**博**　それで、創刊第二号の表紙に三島先生に引き受けていただいた。そこまでお願いできるほどのお付き合いになりました。わずか一か月ぐらいのうちでしたから、短期間でそこまでの交流が進んだわけです。

また、昭和四十二年二月の日本学生新聞の創刊にも、三島先生からメッセージをいただいています。

## 「論ジャー」は学生のたまり場

**芳子**　『論争ジャーナル』というのが長いので、当時略して「論ジャー」と呼んでいましたが、どのくらいの部数を刷っていたんですか？

**博**　創刊号は三千部。いや、五千部を刷ったのかな。ところが、とても五千部なんか、捌けきれないわけですよ。

芳子19歳、短大の友人と

**芳子**　売れているようには見えませんでしたね。講演会で受付を頼まれて、『論争ジャーナル』を売らされて、友人と二人で売ってましたけど。

**博**　ほとんどお金もいただかないような状況で、

捌いていきました。トーハンや日販など大手の取次ルートには乗せられず、ほとんど直販で、学生団体や生長の家などの団体に、三十部置いてくれ、五十部置いてくれ、と。ところが、二号の表紙は三島先生の写真でしたから、世間に知られる雑誌になりました。

**芳子** 『論争ジャーナル』は男ばっかりでしたよね。

**博** 講演会とかで雑誌を販売する時に、ごつい男が声をかけても、売れはしない。そこへ、女友だちを何人か連れてきてくれるので、こちらも重宝でした。当時は、あちこちで可愛がられ、ニコッとして売ってくれました。

**芳子** 雑誌だけ渡しても、売れませんから、自分は

清水寺にて

ここに感動したと言いながら売ると、「あ、そうですか」とか言ってみんなが買ってくれましたね。

**博**　昭和四十二年の二月頃から、三島先生も編集部に出入りする……出入りすると言ったら、しかられてしまいますが、銀座に来れば立ち寄ってくださるようになりました。そうすると、あそこには三島由紀夫がしょっちゅう来るようだと、私の仲間の学生たちも寄りつくようになった。そして、いつのまにか『論争ジャーナル』の編集部は学生達のサロンみたいになったんです。学生時代は知的好奇心が旺盛な時期ですから、編集部は自然に学生達のメッカになった。

**芳子**　私は、大学一年生でしたが、男性たちの話を聞くのは面白かったですね。対談の時の接待もしていました。司会をしてあがってしまい失敗した記憶がありますね。

**博**　編集という仕事自体、知的興味を満足させる作業ですからね。それに、集まってくる人たちは三島先生はじめ、執筆者から、学生までみな情熱的で、しかも善人だった。編集長の中辻は親分気質で、学生達に対して実に面倒見が良かった。

**芳子**　中辻さんには、お世話になりました。例えば、大学の卒業式の後、謝恩会ありますよね。そこに、みんな彼氏がクルマで迎えに来るんです。でも、ちょうどその頃、皆、楯の会で自衛隊へ体験入隊していた。私は、着物で正装していたのに誰も迎えに来てくれない。それを気遣って、中辻さんがしっかり謝恩会にクルマで迎えに来てくれました。

**博**　中辻さんは特に女性に優しかった。（笑い）

**茶目っけな三島由紀夫**

**芳子**　学園祭に森田さんもきましたね。家政学院短大は女子だけですから、招待状があるとか、誰々のお兄さん、弟、彼氏とか、身元がはっきりしないと

早慶戦にて　必勝が憧れていたT子と芳子（左）

**博**　学園祭にも入れなかったんです。当時、学生は左翼的になって、大学全体が赤くなっていた。それで、女子校だけれど、せめてピンクにしようと三人の仲間で話し合って、学友会会長、クラブ連合会長と学園祭の実行委員長の三役を押さえよう、と。

**芳子**　現在の姿の原型（政治の道）が、もう当時からあったのかもしれないね。子供が四人いるので、それどころではなかったんですが、今の子供達の置かれた教育環境に怒りを覚え立ち上がってしまったのです。

ただ、政治を一生懸命やるようになって、昔の仲間、高校生の時の仲間に会うと、「全然変わらないね」「頭の中、一緒だね」と言われますね。

三島先生は、とっても年齢を気にされていましたね。私は当時、十九歳でしたが、「私、十九歳、先生四十二歳！」と先生をからかうと、「クソッ」とか言っていました。ただ、今考えると、四十歳は若いんですけれど、その時はおじさまとしか思いませんでしたからね。

**博**　こっちがそれ以上に若かった。でも、三島先生はそんなに年の差は感じなかったよね？

芳子　あなたは、学生時代は「じいさん」と言われていたけど、先生からは「ジジイ」とか言われてなかった？

博　若いころから、私は盆栽いじりや骨董の蒐集などジジくさい年寄りの趣味があったためか、楯の会の仲間やスタッフから「じいさん」とよばれていましたね。ですから、三島先生も二人でいる時は「じいさん」と言っていた。何となくそういう雰囲気を持っていたのでしょうね。

芳子　落ち着いていたのかもしれない。先生のほうがむしろお茶目のようなところがありましたね。先生はいつも楽しそうでした。

博　普段、例えば『論争ジャーナル』の編集部に来ても、それほどかしこまった話はほとんどしなかった。政治の話、もちろん文学の話もない。下世話なことも含めて、世間一般の話題のほうが多かったですね。
本質的なことを話したのは、自衛隊へ体験入隊をしている最中や自宅でした。先生は一ヵ月の体験入隊のなかで一週間だけは宿舎に泊まるんですが、先生の個室で、例えば天皇論や情勢論、そして今後の楯の会をどうするかとか、かなり本質的な話をした覚えがあります。

**芳子**　先生のご自宅へはどうでした。

**博**　先生のお宅には一週間に三日ぐらいは行っていました。午後十二時半か一時に起床されるので、午後に伺うと、必ず屋上で日向ぼっこしていましたね。不思議なことに先生は曇りでも裸でいる。曇っていては日光浴にはならないと思い、一度その意味をきいてみました。

三島先生が言うには、「曇っているからと言ってその日止めれば、晴れた日でもつい理由をつけて休むことになる。だから曇りでも体を焼くのだ」と。

さすがに雨や雪では休んでいましたが、なるほど三島先生の意志の強さと言われる理由は、こんな逆転の発想にあったのかと、感じ入ったものでした。それで、屋上では誰にも邪魔されないで話ができました。楯の会の話や人間の評定、品定めはほとんど屋上でしていましたね。

**芳子**　編集部では世間一般の話が多かったけれど、楯の会の集会や制服を着て出かけると、男の美学とか美しい死に方とかそういう話ばかりでした。

**博**　うん、笑いながら話していた。

**芳子**　深刻な話ではなかったですけれどね。

## 楯の会成立の事情

**芳子**　楯の会が出来た経緯を話して下さいませんか。

**博**　先生は昭和四十二年四月から五月に四十五日間の自衛隊への体験入隊をしました。その動機は、このままでは日本はダメになるという思いでしたが、一番の問題としては革命に対する危惧だった。革命もしくは間接侵略に対抗するためには、どうしても民間の側からの防衛組織、いわば民兵のような組織を立ち上がらなければならない、と。

しかし、その頃の左翼の数に比べて、保守派はごく少数だった。そこで、彼らの数に対抗するには、それなりの高度な質をともなった部隊、しかもある程度の武器を使いこなすことができる集団が必要不可欠だという、かなり合理的な考え方をしたんです。となるとその訓練の場所は自衛隊しかない。それなら、自衛隊に接触して、火器の扱い方を学び、部隊訓練を体得しようと考えたわけです。

昭和四十二年一月から先生との付き合いが始まりましたが、二月、三月ぐらいには、もうそういう話までしていました。

**芳子** 体験入隊についてはいかがでしょうか。

**博** 先生の体験入隊をもとにして、昭和四十二年の暮れには「祖国防衛隊」構想をまとめました。楯の会とは違い、政府に働き掛けをして、国会決議で民兵を組織しようというかなり本格的な構想だったんです。

体験入隊には一回三十人前後を連れていきましたけれども、その中で当然意識の差はある。ただ、一割くらいはかなり真剣に考えたでしょうね。

**芳子** 「祖国防衛隊はなぜ必要か」という冊子が残っていますが、随分一生懸命書いたのでしょうね。誰が作ったのですか。

**博** 基本的な部分は三島先生が書き下ろしました。ただ諸外国の民兵制度などは、村松剛さんが広範な参考資料を集めてくれました。

この「祖国防衛隊」構想に基づき、民兵組織を作ろうと、昭和四十三年の三月が第一回の体験入隊を行いました。同年の夏、昭和四十四年の春、同年夏と続けて、一回目の入隊者が楯の会一期生、二回目が二期生……と呼んでいるわけです。最後の五期は昭和四十五年三月でした。昭和四十四年十月に私は楯の会をやめましたから、その後学生長として立ち会ったのは、森田必勝だったんです。

**芳子** 四十二年から、ずいぶんスピードが速いですよね。昭和四十五年には亡くなってしまうんですから、ちょっとはや過ぎる。

**「楯の会の形を変えたい」**

**芳子** あなたが三島さんと最後にお会いになったのはいつ頃だったか、またその時のようすなど話して下さい。

**博** 事件の一ヵ月ほど前だった。例の楯の会の血判状を燃やした時、会ったのが最後です。

お茶の水の劇団浪漫劇場の事務所の中庭で、二人で血判状を燃やしたんです。実はその二週間前に久しぶりに電話をいただいて、霞町のアマンドでお会いした。その時に先生はこう話していました。「来年あたりから、楯の会の形を変えようと思う。お前は今、離れているけれど、また手助けを頼むかもしれない」と。

**芳子**　事件の一ヵ月半くらい前？

**博**　そう。会の形を変えるという話を聞いたとき、私の理解としては楯の会の使命は昨年で終わった。ということは、昭和四十四年十月二十一日の世界反戦デーで新左翼が警察に鎮圧され、自衛隊による治安出動という状況はなくなってしまいましたからね。その頃、左翼も沈滞期に入ったわけで、当然、楯の会も形を変えなくてはならない。このように考えていました。

そのうちに「ところで持丸、あの血判を押したやつはどうなっているのか？」と聞かれた。私が持っていますと答えると、「それはよかった。あの時のメンバーの大半は楯の会と無関係だから、意味がなくなっている。もう処分しよう」と言われたんです。私も納得して一週間後の焼却ということになったわけです。

## 事件当日、その時二人は

**芳子**　事件当日、私は子どもを宿しておりました。テレビをつけましたら先生が割腹自殺と報道されており、その時、一瞬ですが、生まれて初めて腰が抜けました。「……え？」と。あなたも一緒に行っていると思って、一瞬、どうしようと思ったら、立てなくなっていたのです。

**博**　私は当時、ある警備会社の役員をしており、自分の執務室にいました。仲間からの電話で事件を知りました。それで、すぐに駆けつけようとしたんですが、既に規制もかかっていた。

**芳子**　「とうとうやってしまったのか」という思いでしたね。テレビに映し出され人たちは、みんな知っている人でした。

**博**　三島先生は普段からよく死の衝動や、死の美学を口にしていましたので、近くにいたものほど、その言葉にマヒさせられていたふしがありました。悪ふざけと言うと何ですが、三島独特のパフォーマンスがありましたからね。だから、死ぬ、死ぬと言っても、本当に死ぬとは誰も半分信じていなかった。狼少年ではないんですが、でも、どこかでね……。

**芳子**　私は死ぬと思っていました。

**博**　女性の直感は鋭いのかもしれませんね。

**芳子**　絶対やるだろう、いつやるのか、と。

**博**　それはいつ頃から感じていましたか？

**芳子**　楯の会が始まって、死に方とか、男は美しく死なねばならないとか、常に先生と男性陣が話しているので、いつか絶対やるだろうな、と。

**博**　身近にいたものほど、その言葉に慣らされていた部分があったんですね。マスコミ関係者も同じように、先生のはる煙幕に幻惑されていました。その辺りが三島先生のマスコミ操作の上手いところだったんです。何かのはずみで情報がバレてしまったら、さらに情報を流してしまう。それで、実態をどんどん薄めてしまう。そうすると、本当なのかウソなのか見分けがつかなくなってしまう。マスコミ対策や情報操作には非常に長けていた人でした。そういう中で、かえって情報の疎い人や純な人には直感的にわかってしまうのかもしれません。

## 先が見えすぎた三島由紀夫

**芳子**　三島先生の死の意味を語るのは難しいでしょうが、少しでも話していただけませんか。それをどう受け止めて、どう私達は生きていったらよいのでしょうか。

**博**　私は三島由紀夫の存在より、彼の死について、この四十年、考え続けていました。しかし、いまだに結論は出せない。まだわからない部分が多過ぎます。あの事件そのもの、日本人に与えた影響、そこまでの背景や経緯は、解説もできますし、話もできます。ただ、どうして、あの時期、あの行為をしなければならなかったのか?、なぜあの死を選んだのか　このことについては、私はいまだにわからない部分があります。

**芳子**　私は、先生の行動は一つ一つ意味があったのだと思っていますが。

**博**　やっと最近、「ああ、そうかな」と思ったことは、三島由紀夫は先が見え過ぎていたということです。未来は誰にもわかりません。人間は明日どうなるかわからない。また十年後、二十年後の日本がどうなるかなんて本当のところわからない。だから私たち人間は、希望を持ったり、また絶望したりしながら、ともかくも生きていけるわけです。でも、自分の未来が見えてしまったら、生きていけるでしょうか？

先生が書いた、論評や評論を読んでみると、先が見え過ぎていると感じるんです。

たとえば死の四ヵ月前に書かれた「果たし得てゐない約束」の中の一文「……無機的な、からっぽな、ニュートラルな、中間色の、……或る経済的大国が極東の一角に残るであろう」など日本の三十年後、五十年後の状況を恐ろしいばかりに予言しております。特に、近年の日本は、ただただ生活の安定だけを求める「からっぽ」な経済大国になってしまいました。この姿を三島はすでに四十年前に予見していました。

しかしながら、不透明な未来だからこそ、われわれには毎日の営為があるのです。三島という男は、その天才によって、未来を先取りしてしまいました。未来を知り、見てしまったものは生きられません。

ところで、三島の偉大さは、予見した未来の風景を、遺言としてわれわれに残してくれたことだと思います。確かな未来像を描くことによって、われわれの進むべき道に警告を与え、光を投げかけてくれました。三島事件の意義はここにあると私は思っています。

**芳子** やっぱり天才だったんですね。きっと。

**博** 先の見えない普通の人間は努力もできるし、生きていけると思うんです。しかし、先生は天才であるがゆえに、先が見え過ぎたため、あのような行為をとらざるをえなかった。ただ、なぜ森田を一緒に連れていってしまったのか、それが、私の一番の痛恨事です。森田と三島由紀夫の気持ちはまったく違ったと思うんですが、その辺りは何とも今も言いようのない気持ちになる。

**芳子** 森田さんは絶対、一緒に逝きますよ。

**博** しかし、三島先生なら止められたはずです。

**芳子** 実際、最後にも止めています。

**博** いや、遅かった。三年前、小賀正義君（市ヶ谷烈士の一人）に会いまして、「先生が亡くなる前に『森田、お前はやめろ』と言ったとされているが、本当なのか？」と聞いてみたんです。確かに、そう言ったらしいのですが、あの時点では止められない。ですから、そのことが逆に、私の気持ちを重くしているんです。なぜ森田をあの時点まで引っ張ってしまったのか。

**芳子**　三島由紀夫が亡くなるのは、これはもう天才の考え方として仕方がない。いや、先生は森田さんをずっと止めていたと思います。森田さんが先生の言うことを聞かなかっただけで、最後の最後にもう一回止めても無理だったんだと思います。

**博**　昭和四十四年の世界反戦デーで一連の安保騒動は終結した。繰り返すけれど、本来、あの時点で楯の会は終わったはずです。したがって四十四年十一月三日の楯の会一周年パーティーは楯の会の解散式であるべきだった。状況は変わった、楯の会が出動するチャンスは今やなくなった、今後それぞれの分野で会員として誇りある生き方をしてくれ、といって解散すべきだった私は思っていました。最後に会った時、「楯の会の形が変わるかもしれない」と言っていた意味はそういうことだと思うのです――ただ、私もここまで言えるようになるには、四十年間もかかっています。

**芳子**　一生懸命三島先生のために動いてくれた自衛隊の人たちなどに迷惑がかかると

いう事情があったのかもしれませんが、私は何度も、思いを全部吐き出して、三島先生とこれまでやってきたことを原稿に書くとか、講演をすればいいのに、と。貴方が話し始めたのは、ここ数年のことですからね。

**博** それは、最近というより、やっぱりこの四十年間があったからこそ、そう思うようになったんです。人の親になったり、世の中をいろいろ見てきたことによって、少なくとも何十年か前よりも人間そのものが多少わかるようになったと思うんです。

**芳子** 楯の会の人たちには、結婚して、名字を奥さんのほうに変える人が多い気がします。あなたは、持丸から松浦に変えていますし、倉持さんも今は本多さんですしね。

**博** たしか阿部君も毛塚に変わっている。

**芳子** 先生が生きていらした時に、「先生、子供が出来たら先生の名前から文字を頂いていいでしょうか」とお聞きした事がありますが、「おっ！　いいよ」と言って下さって、長女「ユカ」の「ユ」は「三島由紀夫」の「由」、長男「タケアキ」の「タケ」は「平岡公威」の「威」をいただいていますね。楯の会の方々は、お子様の名前を先生から命名している人も多いと聞いています。

## 三島先生が今生きていらしたら

**芳子**　今、日本は、先生がいらした当時より、政治も経済も危ない状態だと思いますが、先生が生きていらしたらどうされるでしょうね。

**博**　その答えは非常に難しい。今先生が生きていれば八十五歳ということですから、どうされると言っても仕様がない。したがって、その質問の意味は今四十五歳の三島が生きていたらという意味でしょうが、この設定であればいろいろ考えられます。一つの答えは政治の道に進んで政界から日本再生をはかるということが期待されますが、これは今までの発言に徴してまずありえないでしょう。となれば政治的手段とは別な道ということになります。

未だに憲法改正は実現されず、その気配さえもない。自民党は「憲法改正」の綱領を忘れて一顧だにせず、民主党にいたっては何をか言わんや。です。

このような現状の中で、今もし四十五歳の三島が生きていたなら、本人が死の四ヵ月前に残した「果たし得てゐない約束」の中の一文「無機的な、……ニュートラルな、富裕な、抜け目がない、からっぽな……」な日本にあいそをつかし、おそらくは日本の現状に痛烈な怒りをこめて、国会前、もしくは宮城前にひざまづいてやはり抗議の自刃をしたはずです。いづれにしても、中国の屈原（混濁の世を嘆いて汨羅に身を投じた）でありませんが、このように混濁した世の中では、三島先生のような高貴な魂の持主は生きてはいけないことでしょう。

**芳子** 先生が、命を掛けても守りたかったものは何だと思いますか？

**博** 三島由紀夫は『反革命宣言』のなかで「守るべきもの」を端的に次のように言っています。

「（一つの鏡のように、日本の文化の全体性と、連続性を映し出す天皇制）を終局的に破壊するような勢力に対しては、われわれの日本の文化伝統を賭けて戦わなければならないと信じている」

このことからも分かるように、守たかったことは、一言でいえば「日本文化の全体性と連続性」ということです。

**芳子**　今、日本に生きている私達は、次の世代に日本の素晴らしさを伝えるために、一人一人がその立場で出来る事をしなければなりませんね。

# あとがきに代えて

毎年、十一月になると週刊誌等に三島先生に関する記事が載り、多くの評論家や関係者があの事件について語り、あちこちで慰霊祭が行われます。

私は、慰霊祭に一度参加したことがありますが、緊張した面持ちの森田さんの遺影が、自分の知る森田さんとどうしても結び付かず、なんとも居心地が悪くなって途中で帰ってしまった記憶があります。

ひょうきんな森田さんがカーテンの影から「これが僕の素顔だよ」なんて照れ笑いしながらひょっこりと現れるような錯覚に陥ってしまったものでした。

事件後、私は、四人の子供の子育てに奮闘しておりました。また夫は、刑務所に入った残りの三人が帰ってきたときの為にと会社を設立しましたが、何度も失敗。差し押さえされた事もあり、まさに夜逃げのように家を出たこともありました。

四人の子供を抱えながら、私も多くの修羅場をくぐってきたわけですが、子供たちがいたからこそ、くぐり抜けることができたと、今になって痛感します。

今回の新装再版にあたり、関連の本を再度読み直しましたが、主観をまじえずに、資料として保存したいとの思いを込めて書いた本、自らの体験をまじえながら書いた本、小説のような本といろいろありました。

中には、年代が間違っていたり、思い込みや憶測で誤解をまねきそうな記述もありました。この記述を後になって読まれた人は、事実として受け取ってしまうことでしょう。しかし、私にとっては、他の本の記述とつなぎ合わせるとすべてがパズルのように折り重なって事実が判り、事件後の多くの方の様子も知ることができました。

森田さんについては、私は、ほんの一面しか知りませんでしたので、関連の書籍を読むうちに複雑な思いにもなりましたが、私たちの結婚式に参列下さった時の事や、森田さんの下宿で手作りの婚約祝いをして下さった事などが、思い出されます。

（二百八頁参照）

以下に、今回読んだ書籍の一部をまとめました。

『裁判記録　三島由紀夫事件』伊達宗克著（講談社）昭和四十七年（一九七二）

本書の表紙の裏頁には、

「被告人三名（小賀正義、小川正洋、古賀浩靖）は、三島由紀夫こと平岡公威の主宰する「楯の会」に所属していた者であるが、平岡公威および同会学生長森田必勝と共謀のうえ昭和四十五年十一月二十五日、陸上自衛隊市ヶ谷駐とん地において、陸上自衛隊東部方面総監を監禁し脅迫のうえ同駐とん地内の自衛官を集合させて演説などを行なおうと企て、総監室において総監陸将益田兼利の隙を窺い、やにわに同総監に飛びかかってその背後から首をしめつけ、羽がいじめにしてロープで両手、両足を強く縛りつけ、ついで日本手拭で猿ぐつわをするなどしたうえ、抜身の短刀および日本刀を振りかざし……

……森田必勝と共謀のうえ、平岡公威が自決するため短刀をもって割腹した際、同人の嘱託を受けて、森田がその首を切り落として介しゃくをなし、同人を頸部切断により死亡せしめて殺害……（本書三十三頁『起訴状』より）

「三島由紀夫から、自決直前に最後の手紙を受け取った著者が、「三島裁判の一部始終を克明に記録し、あわせて「楯の会」の行動を解明する重要な資料を残さず収録したものです」

とあります。

自決した三島先生、森田さん以外の三人の被告人の上申書要旨も至純の行為として記載されていますが、それぞれ純粋な青年達が、懲役四年の判決を受けるまでの裁判の記録が克明に書かれており、歴史に残る書物となることでしょう。

**『烈士と呼ばれる男―森田必勝の物語』中村彰彦著**（文芸春秋）**平成十二年**（二〇〇〇）

森田必勝の物語です。学生時代の様子や楯の会に入会して自決までの心の動きまで小説家の目線で描き上げていますのでとても読みやすい書籍ですが、二百十九頁からの市ヶ谷台での描写は壮絶です。

「一歩遅れて警視庁から急行してきた佐々淳行警備課長は、のちに回想することになる。

現場についたとき、すべては終わっていた。首胴、所を異にする遺体と対面しようと総監室に入ったとき、足元の絨毯がジュクッと音をたてた。みると血の海。赤絨毯だから見分けがつかなかったのだ。いまもあの不気味な感覚は覚えている」（『諸君』

平成十一年十二月号)
この部分を読んだ私は、何とも言えない気持ちになり、言葉も出ませんでした。
今も市ヶ谷の防衛省には、記念館があり、東京裁判が行われた講堂も三島氏・森田氏自決の総監室もそのまま残されており、申し込めば見学することができます。

**『自衛隊「影の舞台」―三島由紀夫を殺した真実の告白―』山本舜勝著**(講談社)**平成十三年**(二〇〇一)

本書の帯に、「『自衛隊クーデター計画』衝撃の内幕!」とありました。

そして「三島が傾倒した元将官が書く慟哭の手記「これで三島の魂は初めて自由になった」」

とあります。

自衛隊の内部におられたからこそわかることもあるのでしょう。三島先生がなぜ行動されたのか、その背景も良くわかるように描かれています。

ただ、持丸は著書『証言三島由紀夫と福田恒存たった一度の対決』の中で、「山本舜勝氏とは、一口でいえば楯の会の戦略上の指導者、いわば『軍司』でした」と評していますが、「その後、市ヶ谷台のあの事件については、森田氏によってむしろ三島が引っ張られていったと強調する人がいますけれども、私は必ずしもそうは思っていません。三島先生をあのようなかたちに追い込んだのは、ひとえに山本氏との路線の違い、というよりは状況認識の差ということです」

とも語っています。

本書、十四頁には、倉持さんが受け取った「遺言状」について、「郵便によって」と書かれてありますが、倉持さんは自決当日に、三島邸で受けとっているはずです。本多さんに確認しましたが、自決当日に、自分宛と隊員宛との二通とも三島邸で受け取っているとのことでした。

読み進むと、百八十六頁に、「『楯の会』に走った亀裂」という章がありました。その部分は、夫が赤鉛筆で丸く囲ってあり、付箋が貼られていましたが、持丸や「論争ジャーナル」の記述についても、私が聞いていたこととは少し異なっています。百八十八頁には、「持丸学生長の結婚を機に深刻になっていた意見対立」とありますが、これには違和感を覚えます。

後年、持丸自身が、「楯の会を辞めた理由」を明らかにしています。最後の著書

『証言　三島由紀夫・福田恒存　たった一度の対決』百三十七頁には、

「（前略）私が楯の会を退会した原因、というよりは、背景であり、理由です。したがって私が会を辞めることになった発端は、楯の会の路線をめぐる対立のような戦術上の問題ではありません。周囲では面白おかしく、三島と私の路線対立のような図式に仕立て勝ちですが、現実にはきわめて人間的なところに問題があったことがおわかりいただけたと思います」とあります。

三島先生と持丸は一時期、山本氏のお力を借りて同志のようにお付き合いをしていたと聞いておりましたので、余計にこのような記述には残念な気がいたしました。

百九十二頁の「誰が三島を殺したのか」の章には、朱色の蛍光ペンであちこちに線が引かれてありましたが、一部蛍光ペンで囲ってある部分がありました。

「三島は、藤原らとの接触で知った治安出動に関する情報と、私との交流で得たものから、一つの構想を描いたに違いない。

すなわち、十月二十一日、新宿でデモ隊が騒乱状態を起こし、治安出動が必至となったとき、まず三島と「楯の会」会員が身を挺してデモ隊を排除し、私の同志が率いる東部方面の特別版も呼応する。ここでついに、自衛隊主力が出動し、戒厳令的状態で首都の治安を回復する。万一デモ隊が皇居へ侵入した場合、私が待機させた自衛隊のヘリコプターで「楯の会」会員を移動され、機を失せず、断固阻止する。

このとき三島ら十名はデモ隊殺傷の責を負い、鞘を払って日本刀をかざし、自害切腹に及ぶ。「反革命宣言」に書かれているように、「あとに続く者あるを信じ」て、自らの死を布石とするのである。三島「楯の会」の決起によって幕が開く革命劇は、後から来る自衛隊によって完成される。クーデターを成功させた自衛隊は、憲法改正によって、国軍としての認知を獲得して幕を閉じる」

この記述も山本氏が描いた一つの構想でしょう。持丸は、蛍光ペンで囲いながら複雑な思いで読んだのではないでしょうか。

二百十三頁には、昭和四十四年十月二十一日の国際反戦闘争の記述があります。

「当日、新左翼各派は、かつてない盛り上がりの中で街頭闘争を繰り広げ、東京は一年前と同じように騒乱の渦に巻き込まれた。逮捕者も全国で千五百五名を数え、史上最大の記録であった。」

当時の社会情勢に驚くばかりです。

『森田必勝　わが思想と行動』遺稿集　復刻新装版（日新報道）平成十四年（二〇〇二）
森田さんの日誌、論文、座談会での記録、演説等の遺稿集であり、とても貴重な本です。幼少の写真や学生時代の楽しそうな素顔が写っており、七十年代への提言とある写真は、懐かしい当時の森田さんと一緒に他にも学生服を着た懐かしい方々の写真が掲載されてありました。
少し気になる部分がありました。
祖国防衛隊についての記述がありますが、これは、「論争ジャーナル」グループが作った「祖国防衛隊」とは、別のものです。私は、「論争ジャーナル」グループが祖国防衛隊を作った際に三島先生が書かれた「祖国防衛隊はなぜ必要か」というホッチキス止めの冊子を持っていたものですから、不思議に思いました。当時の事を知っている人にお聞きし、同じ名前の、違う組織であったことが判りましたが、事情を知らない方が読むと誤解されるかもしれません。
『血滾《ちたぎ》ル三島由紀夫「憲法改正」』松藤竹二郎著（毎日ワンズ）平成十五年（二〇〇三）
『日本改正案　三島由紀夫と楯の会』松藤竹二郎著（毎日ワンズ）平成十七年（二〇〇五）

**『三島由紀夫「残された手帳」』松藤竹二郎著（毎日ワンズ）平成十九年（二〇〇七）**

憲法改正を訴えて「檄」を書き、諫死された三島先生について書かれた本は多くありますが、松藤氏は、憲法改正について書かれた本を三冊出版しています。

日本国憲法について、三島先生は問題提起されており、あちこちに関連の書物が出ているため読んでみましたが、「新憲法における「日本」の缺落」等、漢字も読みにくく難しかった記憶があります。

本書は、憲法案について、現憲法への「問題提起」と改正案、憂国の決起が書かれてありますが、当用漢字で書かれてありますので何とか読むことが出来ました。

『三島由紀夫「残された手帳」』の九十三頁には、

「国際政治の力関係によって、きはめて政治的に押し付けられたこの憲法は、はじめからその国際政治の力学の上に乗らざるをえぬ曲芸的性格を与えられてをり、それが又逆に、今日まで憲法を生き永らへさせてきた要因になっている。ありていに言って、現憲法と日米安保条約は合わせて一セットになるやうに仕組まれてをり、略」

と、憲法と安保のねじれ現象を指摘しています。

天皇条項については、『血滾《ちたぎ》ル三島由紀夫「憲法改正」』の四十頁にこうあります。

「三島は『日本国憲法』の第一章天皇条項を改正する前提として、研究会への問題提起で、すでに現憲法の第一条と第二条の相互の論理的矛盾を次のように指摘している。

第一条（天皇の地位・国民主権）

天皇は、日本国の象徴であり日本国民統合の象徴であって、この地位は、主権の存する日本国民の総意に基づく。

第二条（皇位の継承）

皇位は、世襲のものであって、国会の議決した皇室典範の定めるところにより、これを継承する。

第一条では、天皇の地位は国民の総意に基づくとありながら、第二条では、世襲されるとあるのが論理的矛盾だと述べているのだ。

「地位」は国民の総意で、「皇位」は世襲だとするならば、即位のたびに国民の総意を受けなければならないことになる。」

とありましたし、百十四頁には、九条についても書かれてあります。

「自衛隊は、明らかに違憲である。しかもその創設は、新憲法を与へたアメリカ自身の、その後の国際政治状況の変化による要請に基づくものである。―略―私は、九条の改廃を決して独立にそれ自体として考えてはならぬ、第一章の「天皇」の問題と第二十条「信教の自由」に関する神道の問題と関連させて考えなくては、折角「憲法改正」を推進しても、却ってアメリカの思う壺におちいり、日本が独立国家として対面を回復したことにはならぬ。」

三島先生没後も、憲法改正案については、阿部勉氏を中心に続けられていたとお聞きしていますが、原稿用紙四百五十枚にも及ぶとありました。

**『314　三島由紀夫の仇討ちが始まった』本多清著（毎日ワンズ）平成十六年**（二〇〇四）

三島先生から楯の会班長倉持清氏へ宛てた遺書が載っていますが、彼は、楯の会会員への遺書も託されたそうです。

「事件当日に、奥様から電話があり、三島先生のご自宅で遺書を受け取り、先生の寝室で読むことになった。先生が寝ておられたベッドに座って、何度も遺書を読み返した。涙がとめどなく流れた。」（三十三頁）とありますが、どのような気持ちで封を開けたことでしょう。

三十五頁には、楯の会の歌の歌詞が記載されています。

「夏は稲妻～冬は霜、富士山麓にきた来し～若きつわものこれにあり、われらが武器は大和魂、とぎすましたる刀こそ～晴朗の日の空の色～雄々しく進め楯の会」

歌詞は三番までありましたが、読めば頭の中で曲が聴こえてきます。思わず歌ってしまいましたが懐かしい。三島先生の作詞で、当時は、クラウンレコードからレコードにもなっていました。

**『三島由紀夫　神の影法師』田中美代子著（新潮社）平成十八年**（二〇〇六）

「神の影法師」という言葉が気になって読み始めましたが、三島由紀夫氏の天才ぶりと三島氏の創作ノートまでしっかり読みこなしている田中氏の評論に、ため息と驚愕をもって読み通しました。

私には、三島文学の深いところは判りませんが、「物心ついたときから詩のようなものを書き始める。奇跡のように言葉の種が蒔かれる苗床だった」とあり、『花ざかりの森』（昭和十九年出版）は、当時活躍中の評論家、蓮田善明が称賛したということでした。

「三島由紀夫とは何か？　私たちは繰り返しこの難題にとらわれる。その存在は、強烈な放射線を放つ不思議な鉱石のように、依然人々を魅惑してやまず、魂の疼きとなって私たちに呼びかけるのをやめないのだ」とあり、田中美代子氏の文章も美しく魅了されます。

**『314の世界』本多清著**（毎日ワンズ）**平成二十一年**（二〇〇九）

本の帯には、「形、色、数……三島由紀夫の愛弟子が見た摩訶不思議な世界！と書かれてあるのですが、数字を理解し読み込めばすべてが必然であったのだと気づきます。

**『証言　三島由紀夫・福田恆存たった一度の対決』持丸博・佐藤松男著**（文藝春秋）**平成二十二年**（二〇一〇）

夫・松浦博が亡くなる前に出した最初で最後の本です。様々な雑誌等には寄稿していましたが、書籍として残っているのはこの一冊です。

「松浦博（旧姓持丸博）の負った十字架」として、本書三十九頁にて引用していますが、本書出版後、平成二十二年十二月二十三日号の『週刊新潮』(日本ルネッサンス第441回)に、櫻井よしこ先生が、「日本の戦略的方向性を知る為に」と題した所感を寄せています。私にとっては、難しいと感じた本でしたが、出版後すぐに読まれ、「本書は抜群に面白い」と評して下さっています。

その一部を引用させていただきます。

「2011年を日本再生の年にするには何をすべきか、『証言 三島由紀夫・福田恆存 たった一度の対決』(文藝春秋)が考えるきっかけになる。1960年の安保闘争から70年の安保闘争まで、左翼的思想で満ちていた日本で孤高の闘いを続けた福田恆存と三島由紀夫はたった一度、『論争ジャーナル』という雑誌で対談した。本書はその振り返りから始まる。福田と三島を語るのは両氏の側近くにいた佐藤松男氏と持丸博氏だ。佐藤氏は70年、福田を顧問とする日本学生文化会議を結成した。持丸氏は68年に三島と「楯の会」を結成したが翌年10月に退会、三島の割腹は70年11月である。

三島の死から40年の今年、多くの三島論が展開された。三島と対比する形で福田論も展開された。その中で、持丸、佐藤両氏が論じた本書は抜群に面白い。」

『三島由紀夫が生きた時代—楯の会と森田必勝—』村田春樹著（青林堂）平成二十七年（二〇一五）

村田さんは、楯の会五期生であり、最年少会員であったということです。

私は、楯の会創立前や三期生の方々ぐらいまでは存じ上げておりますが、持丸が退会してからの楯の会とはあまり縁がありませんでしたので、興味を持って読ませて頂きました。

森田さんとの出会いから、森田さんが楯の会に入会し日本学生同盟を除名されたことも正しく書いてあり、真摯な描きように好感がもてました。

森田さんの人柄もよく描かれています。

二十六頁に、三島先生についての記述で面白い記事を載せていました。

「当時男性向け週刊誌として絶大なる人気を集めていた週刊誌『平凡パンチ』昭和四十二年五月八日号の「ミスターダンディはだれか当選者決定」を見よう。

最終決定順位（有効総投票数　一一一一九二票）

第一位　三島由紀夫　一九五九〇

第二位　三船敏郎　一八八七〇

第三位　伊丹十三　　　　七九五〇
第四位　石原慎太郎　　七三五〇
第五位　加山雄三　　　四五五七
第六位　石原裕次郎　　四五五七　略」

あらためて、三島先生の当時の人気ぶりに驚いてしまいました。

事件後の様子や裁判の様子も記載されておりましたが、二五八頁の「楯の会出身の自衛官」は、複雑な思いで読ませて頂きました。

村田さんは、私と同じ高円寺に住んでおられましたので、いつも私の選挙の時には先頭で活動して下さいました。杉並区には、中核派の区議会議員もおり、ある選挙では、高円寺駅前で、その候補者と村田さんがにらみ合いになったこともありました。

現在は、多くの活動の先頭に立って活動されていますし、「今さら聞けない皇室研究会」等の講演もされ多くのファンがおられます。

**『三島由紀夫と森田必勝』犬塚潔著**（私家版）**限定三十二部　平成二十八年**（二〇一六）

三島先生に関する本はとても多いのですが、森田さんに関する本は、限られています。その中でも、良くここまで徹底して調べ確認したものだと感心させられます。

幼少期の写真、家族の写真から始まり、多くの写真と資料で埋め尽くされているのです。ページ数は、百三十四頁ですが、森田さんの人生の記録としては貴重で圧倒されてしまいます。

森田さんが、日本学生同盟を除名されたことについても、他の方の書いた文章に対しての矛盾点を的確に突いており、（祖国防衛隊の結成についても百三十四頁にあります）誤解を生む記述があることもはっきり述べられておりました。事実が正確に記録されておりますので貴重な資料でもあります。


**『三島由紀夫かく語りき』篠原裕著**（展転社）**平成二十九年**（二〇一七）

楯の会一期生の篠原裕氏は、水戸一高から早稲田大学法学部に進んでいますので、高校も大学も、持丸博の後輩です。私もお目にかかったことはありますが、柔和な印象の青年でした。

伝聞や思い込み、憶測ではなく、体験した様子を素直に書き綴っていますので、心に染み入ります。

昭和四十五年十一月二十五日に、市谷会館で行われた例会に参加されており、何も知らずにいたその時の心境、周りが騒然と慌ただしくなっていく様子等を赤裸々に綴っています。

あとがきには、出版に至った経緯が書かれていますが、三島全集を七ヶ月かけて読み、再度、七ヶ月かけて二度読破したとあり、驚きました。

本書二百七頁に三島先生の天才ぶりに関する記述がありました。編集者として三島と永年交流のあった川島勝氏が『三島由紀夫』（平成八年、文藝春秋）の中で次のようなエピソードを書いていると紹介しています。

「（前略）ふつうの口述というのは談話を速記にとり、それを編集者が文章体になおすのが通例である、この時もそのつもりだったらしいが、「三島氏は煙草をうまそうに一服し、庭の木立を見やりながら『それじゃ始めますか』と言ったかと思うと、滔々と『である』調の文章体でしゃべり始めた。レンガを積むような氏独特の正確で論理的な文章がなめらかに口をついて出ていき、ほとんど言いなおしがない。長い編集者生活でもこんな経験ははじめてだった」

篠原氏が三島邸で初めてすきやきを食べた時の記述からは、その場の様子が想像でき、三島先生の溢れんばかりの笑顔が浮かんできました。

三島先生の生の言葉もしっかり引用されており、改めて「なるほどそうだったのか」と思う記述もありました。大変読みやすく、また、全て実体験に基づいて記載されていますので、貴重な書籍です。

夫が亡くなってから出版されていますので、夫は本書を読んでいません。それが残念です。


**『三島由紀夫と持丸博』犬塚潔著**（私家版）**限定四十五部　平成二十九年**（二〇一七）

著者の犬塚氏を、三島由紀夫研究家と呼べばよいのでしょうか。

「持丸（松浦）博氏の霊前に捧ぐと」ありました。

三島と持丸の行動の軌跡が克明に検証されており、昭和四十一年十二月に『論争ジャーナル』の青年達と三島が出会ってから、昭和四十五年の事件後まで、多くの方と出会い事実を確認し、写真や資料を収集しています。

『論争ジャーナル』の表紙の写真が創刊号からすべてがカラー写真で掲載され、各号の内容まで紹介されています。そして、自衛隊の体験入隊、祖国防衛隊から「楯の会」へとその経緯が綴られています。

日本学生同盟時代から、祖国防衛隊、楯の会結成、自衛隊体験入隊、楯の会退会、三島事件に加え、三島由紀夫没後、楯の会一期生の会、『証言　三島由紀夫・福田恆存　たった一度の対決』の書籍、松浦博を偲ぶ会等々、三島・持丸の事を調べつくし詳細に記して下さっています。

相当の資金と労力と時間がかかっていることでしょう。溢れんばかりの情熱がなければここまで書けません。貴重な著作です。

平成二十二年の三島由紀夫没後四十年に、夫の本と私の本の出版記念講演会を開催したことがありましたが、夫は、講演の途中でも前列に座っていらした犬塚氏に「間違いはないでしょうか」と、日時等を確認していました。その様子をみて随分信頼しているのだなと思った事がありましたが、ここまで調べつくして下さっているという安心と信頼があったのでしょう。

我が家には、三島先生から頂いた写真や手紙他、自衛隊体験入隊の日誌や楯の会出席表までも当時のものが多く残っていますが、そのほとんど全てが載っています。

今回、私が読み返した数々の書籍の中でも、本書は、その正確さと情報量において圧巻でありました。

三島事件後は、事件の当事者や、三島先生や森田必勝と何らかの関係のあった方等々、当時を詳しく知っているであろう人ほど書物に著していません。文字に出来るほど単純な出来事ではなかったのでしょう。

生前、夫が「嵐のただなかにいた人はもちろん、同心円から少し離れた人も皆、十字架を背負っている。だから、なかなか話せないんだよ」と言っていましたが、多くの方が、何らかの十字架を背負っていることを改めて痛感します。

やっと、先生と共に行動した青年達が、高齢になり、残しておかなければならないとの思いで書いて下さっています。本年は、三島先生没後五十年。きっと多くの方が出版されることでしょう。

今回、数多くの本とともに、先生が私へ下さった手紙も読み直しましたが、漢字ではなく「ひらがな」で書かれてある部分が幾つかありました。これまで何気なくさらっと読んでしまっていたことに恥ずかしくなりました。漢字ではなくわざわざ「ひらがな」で書かれた先生の意図は、「日本語」の「音」を大切されていたのだと改めて感じました。

私達が生きているこの時代は、長い歴史から見ればほんの一ページに過ぎません。しかし、それぞれの時代に生きる者が、文化や伝統また日本人の心意気といったものを次の時代へと継承することで歴史が一本に繋がります。

文化や歴史や伝統を次世代に継承するのは、今を生きる者の使命であり義務でもあるはずです。

その使命を果たすべく三島・森田両氏は、「壮絶に死して生きた方」です。私たちには「後をたのむ」と残されました。

## 最後に…幻の血判状を公開したわけ

楯の会が結成される以前の昭和四十三年二月二十五日に「論争ジャーナル」の事務所において十一名で書かれた「血判状」は、事件の約一か月前に、三島氏と持丸の手によって焼却されています。

我が家の押入れの奥から出てきたのは、念のためにと持丸が「論争ジャーナル」の事務所でコピーしたものでした。それがなぜ、何年も経ってから出てきたのか不思議でした。

私自身は、「これは三島先生と約束して燃やしたもの、世に出すのは先生の気持ちに対する裏切りではないのか」と思ってきましたので、展示会等では、全部広げず、氏名の部分は隠して三島先生の書のみを展示する等、気をつけていました。

生前の夫は、血判状の公表についてこう話していました。

「皆が、血判状について、記憶をたどって書いているので事実と違う文になっていることもある。これでは、先生の真意は伝わらない」

平成十七年に雑誌『ＡＥＲＡ』にて「幻の血判状」を初公開」とのタイトルで持丸

自身が寄稿しています。

「この血盟の様子が初めて世間に知られたのは、市ヶ谷での自決事件後に三島先生の父君、平岡梓氏が月刊誌『諸君』（1972年3月号）に掲載した「倅・三島由紀夫」の中であった。おそらくは誰かが父君の聞き取りに応じて、この時の様子を伝え、その伝聞を基に記述したと思われる。

そのため曖昧な表現が多く、内容も事実とはかなり相違するところがあった。この事件については数十冊の評伝、研究書が出ているが、大半は、その孫引き、ひ孫引きが多く、これが曲解や誤解を生む原因となっている。

例えば、日付けは、「昭和四十二年某月某日」となっているが、正確には昭和四十三年二月二十五日である。後に、ある有名な評論家が2・26事件と絡め、その劇的な効果を高めようとしてか二月二十六説をとったこともある。

誓詞の内容についていえば、「倅・三島由紀夫」の中では、「我々ハ皇國ノ礎ニナランコトヲココニ誓フ」となっていて、原文と比べてみると不十分な記述であることがわかる。実際には、「武士ノ心ヲ以テ」という枕詞があるわけだが、この一部が重要なのだ。三島先生はあくまでも武士の心で「天下の大事」に当たろうとした。」

確かに、「武士の心を以て」という言葉は、大切な言葉です。

我が家では、職が変わるたびに何回も引っ越しをしていますので、そのような大切なコピーが、押入れの奥から見つかることは本来であればないはずなのです。今でもそのコピーが見つかったときの夫の驚いた様子が目に浮かびますが、後世の方に真実が伝わるように三島先生が計らったのかも知れません。（血判書についての詳細、本書百七十一頁〜）

夫もあちらの世に逝き、先生とお会いしていることでしょう。この「血判状」について二人でどのような会話がなされたのか、聞いてみたいものです。

あの事件から五十年。歴史が、一刻一刻と流れているのが不思議な気がします。

これまでの日々はあっという間でした。ほんの少し前の出来事のようにも思えます。

今回、頼れる夫はおらず、娘や娘の友人の堀越千代さんに原稿を見て頂き、多くの方からの助言も頂きました。誠にありがとう御座いました。また、出版にあたって何度も連絡を下さりお力を貸して頂いた高木書房の斎藤信二氏にもこの場を借りて感謝申し上げます。

ありがとうのイラスト　あべまりあ

**松浦　芳子**（まつうら よしこ）

昭和23年生まれ。東京家政学院短期大学卒業。東京慈恵会医科大学教授秘書後結婚。学習塾経営。CSTV日本文化チャンネル桜創設発起人。元東京都杉並区議会議員（16年在籍）。草莽全国地方議員の会会長。日本会議東京都本部理事。NPO法人日本児童文化教育研究所副理事長。建て直そう日本女性塾幹事長。二男二女の母。

自決より五十年
**三島由紀夫と「楯の会」**
**「後をたのむ」と託された思い**

令和二（二〇二〇）年十一月二十五日　第一刷発行

著　者　松浦　芳子
監　修　松浦　博
発行者　斎藤　信二
発行所　株式会社　高木書房
〒一一六－〇〇一三
東京都荒川区西日暮里五－一四－四－九〇一
電　話　〇三－五六一五－二〇六二
ＦＡＸ　〇三－五六一五－二〇六四
装　幀　株式会社インタープレイ
印刷・製本　株式会社ワコープラネット
乱丁、落丁は送料当社負担にてお取り替えします。

　ISBN978-4-88471-819-0 C0095

石橋富知子

**子育ての秘伝**

**立腰《りつよう》と躾の三原則**

森信三氏に師事38年。仁愛保育園が証明する奇跡の子育て。自分をコントロールする意志力や人間としての品格は、幼き頃の躾が原点。個性も躾が基盤となって発揮されていく。

四六判ソフトカバー　定価：本体一〇〇〇円＋税

野田将晴（勇志国際高校校長）

**高校生のための道徳**

**この世にダメな人間なんて一人もいない!!**

通信制・勇志国際高校の道徳授業。強烈に生徒の心に響く肯定感。生き方を知った生徒達は生まれ変わる。道徳とは、青春とは何か。志ある人間、立派な日本人としての道を説く。

四六判ソフトカバー　定価：本体一〇〇〇円＋税

野田将晴

**教育者は、聖職者である。**

不登校を抱える親御さん、現場の先生に希望の光が見える。実践記録だけに説得力がある。生徒の存在をまるごと受け入れてくれる教師がいる。生まれ変わった生徒達が巣立っていく。

四六判ソフトカバー　定価：本体一二〇〇円＋税

服部剛

教室の感動を実況中継！

**先生、日本ってすごいね**

公立中学の先生が、日本人があまり知らない歴史の一コマを授業で取り上げた実際の記録。「先生、日本ってすごいね」は生徒の感想。誰が何を教えるか。その重要性も教えてくれる。

四六判ソフトカバー　定価：本体一四〇〇円＋税

染谷和巳

人を育てる行動の指針

**指導者として成功するための十三の条件**

人を育てるほど重要なことはない。良き指導者によって良き人が育つ。会社の社長や上司、学校の教師、家庭の親などに向けた―今の時代だからこそ価値がある―明快な行動指針。

四六判ソフトカバー　定価：本体一六〇〇円＋税